कहीं तुम भटक न जाओ

कहीं तुम भटक न जाओ

पाट्रिक मोदियानो

अनुवाद

संजय कुमार

"The Work is published with the support of the Publication Assistance Programmes of the Institut Français"

ISBN : 9789386534620

प्रथम हिन्दी संस्करण : 2018

© Editions GALLIMARD, Paris, 2014

हिन्दी अनुवाद © राजपाल एण्ड सन्ज़

KAHIN TUM BHATAK NA JAAO (Novel) by Patrick Modiano

(Hindi edition of *Pour Que Tu Ne Te Perdes Pas Dans Le Quartier*)

राजपाल एण्ड सन्ज़

1590, मदरसा रोड, कश्मीरी गेट, दिल्ली-110006

फोन : 011-23869812, 23865483, 23867791

e-mail : sales@rajpalpublishing.com

www.rajpalpublishing.com

www.facebook.com/rajpalandsons

मैं घटनाओं की वास्तविकता नहीं बता सकता,
बस उनकी झलक पेश कर सकता हूँ।
—स्तांदाल *(Stendhal)*

लेशमात्र। जैसे किसी कीड़े का दंश जो शुरू-शुरू में हल्का-सा लगता है। स्वयं को सांत्वना देने के लिए दबी जुबान से कम-से-कम आप यही कहते हैं। दोपहर लगभग चार बजे जाँ दारागान के यहाँ उस कमरे में टेलीफ़ोन की घंटी बजी थी, जिसे वह 'अध्ययन कक्ष' (स्टडी) कहते थे। वह छाँव में सोफ़े में धँसे ऊँघ रहे थे। और टेलीफ़ोन की ये घंटियाँ, जिन्हें वह एक अरसे से सुनने के आदी नहीं रह गए थे, रुकने का नाम ही नहीं ले रही थीं। ऐसी भी क्या आफ़त आ गयी? लगता था कि टेलीफ़ोन तार के दूसरे छोर पर कोई चोंगा रखना भूल गया था। आखिरकार वह उठे और खिड़की के समीप कमरे के उस भाग में गए जहाँ सूरज जमकर कोड़े बरसा रहा था।

'मैं ज़रा जाँ दारागान साहब से बात करना चाहता हूँ।'

लड्ढड़ और धमकी-भरी आवाज़। शुरुआत में उन्हें ऐसा ही लगा था।

'दारागान साहब? क्या मेरी आवाज़ आप तक पहुँच रही है?'

दारागान के मन में आया कि टेलीफ़ोन का चोंगा वापस रख दें। पर क्या फ़ायदा? घंटियाँ फिर से बजेंगी और बजती रहेंगी, जब तक कि टेलीफ़ोन के तार हमेशा के लिए न काट दिये जायें...

'हाँ, बोलिये।'

'सर, मुझे आपकी नोटबुक (एड्रेस बुक) के बारे में कुछ कहना है।'

यह नोटबुक पिछले महीने उस ट्रेन में खो गयी थी, जिसमें वह कोत दाज़्यूर जा रहे थे। हाँ, उसी ट्रेन में। निस्संदेह, जब टी.टी.ई. को दिखाने के लिए उन्होंने अपने जैकेट से टिकट निकाला होगा, वह नोटबुक गिर गयी होगी।

'मुझे आपके नाम की एक नोटबुक मिली है।'

भूरे रंग की जिल्द पर लिखा था : 'यह कहीं पड़ी मिले तो इसे...के पास

भेज दें।' और एक दिन अनमने ढंग से दारागान ने वहाँ अपना नाम, पता और टेलीफ़ोन नंबर लिख दिया था।

'मैं इसे आपके घर पहुँचा दूँगा। जिस दिन, जिस समय आप कहें।'

हाँ, एक लड्ढड़ और धमकी-भरी आवाज़। यहाँ तक कि दारागान को लगा कि यह किसी ब्लैकमेलर का लहज़ा है।

'बेहतर होगा कि हम कहीं बाहर मिलें।'

दारागान ने अपनी झेंप मिटाने की कोशिश की थी। पर उनकी आवाज़, जिसे वह सामान्य रखना चाहते थे, अचानक क्षीण हो गयी थी।

'जैसी आपकी इच्छा, सर।'

एक चुप्पी छा गयी।

'अफ़सोस, मैं आपके घर के बिलकुल पास हूँ। बेहतर होता कि मैं इसे आपके हाथ में थमा देता।'

दारागान ने सोचा कि कहीं वह आदमी बिल्डिंग के सामने उनके निकलने की ताक में खड़ा तो नहीं है। जितनी जल्दी हो, उससे छुटकारा पाना होगा।

'चलिए कल दोपहर में मिलते हैं,' उन्होंने झक मारकर कह दिया।

'जैसी आपकी इच्छा। लेकिन मेरे कार्यालय के पास। सैं-लाज़ार स्टेशन के समीप। आप आरकाद मार्ग जानते हैं?' उस आदमी ने पूछा। 'हम एक कैफ़े में मिल सकते हैं। 42, आरकाद मार्ग।'

दारागान ने पता लिखा। एक गहरी साँस ली और कहा : 'ठीक है, सर। 42, आरकाद मार्ग पर कल शाम पाँच बजे।'

फिर, बिना उस आदमी के जवाब का इंतज़ार किए उन्होंने फ़ोन रख दिया। ऐसी बेरुखी से पेश आने पर उन्हें तुरंत पछतावा भी हुआ, पर उन्होंने पेरिस में कुछ दिनों से हो रही गर्मी को इसका ज़िम्मेदार ठहराया, क्योंकि यह गर्मी सितम्बर के महीने के लिए नई बात थी। यह गर्मी उनके एकाकीपन को गहरा कर रही थी। इसकी वजह से उन्हें सूर्यास्त तक अपने कमरे में बंद रहना पड़ता था। फिर, टेलीफ़ोन की घंटी भी महीनों से नहीं बजी थी। और जहाँ तक मेज़ पर पड़े उनके मोबाइल की बात है, उन्हें ध्यान नहीं कि पिछली बार कब उसका इस्तेमाल हुआ था। मोबाइल का इस्तेमाल करना तो उन्हें शायद आता ही नहीं था और उसके बटन दबाने में अक्सर उनसे चूक हो जाती थी।

अगर उस अजनबी ने टेलीफ़ोन नहीं किया होता तो वह उस नोटबुक के गुम होने की बात हमेशा के लिए भूल चुके होते। वह नोटबुक में लिखे नामों को याद करने की कोशिश कर रहे थे। यहाँ तक कि पिछले हफ़्ते वह फिर से नोटबुक तैयार करना चाहते थे और एक सादे कागज़ पर उन्होंने सूची तैयार करनी शुरू भी कर दी थी। पल भर में उन्होंने पन्ना फाड़ दिया था। उनमें से कोई भी ऐसा नाम नहीं था जो उनकी ज़िन्दगी में अहमियत रखता था। जिनकी अहमियत थी, उनका पता और टेलीफ़ोन नम्बर लिखने की उन्हें कभी ज़रूरत नहीं हुई। यह उन्हें रटा हुआ था। उस नोटबुक में सिर्फ़ उन्हीं के नाम थे जिनसे उनका 'औपचारिक सम्बन्ध' समझा जा सकता था, जो ज़रूरी नाम लगते थे, उनकी गिनती तीस से अधिक नहीं होगी। उनमें भी अधिकतर ऐसे थे, जिन्हें उन्होंने मिटा दिया होता। क्योंकि अब उनसे कोई सरोकार नहीं था। नोटबुक गुम होने पर उन्हें एक ही बात खली थी कि उन्होंने नोटबुक पर अपना नाम-पता क्यों लिखा था। वह चाहते तो आसानी से इस सिलसिले को वहीं अंजाम दे देते और उस व्यक्ति को 42, आरकाद मार्ग पर यों ही इंतज़ार करता छोड़ देते। पर, एक गुत्थी हमेशा के लिए अनसुलझी रह जाती, धमकी वाली बात। एकाकी दुपहरी में उदास बैठे उन्हें अक्सर ख़याल आता था कि टेलीफ़ोन की घंटी बजेगी और एक मीठी आवाज़ उनसे मुख़ातिब होगी। एक पढ़े हुए उपन्यास का शीर्षक उन्हें ध्यान आ रहा था—*Le Temps des rencontres*। शायद यह दौर उनके लिए अभी भी खत्म नहीं हुआ था। पर अभी-अभी जो आवाज़ उन्होंने सुनी थी, उससे उनकी हिम्मत नहीं बढ़ी थी। वही लद्धड़ और धमकी-भरी आवाज़। जी हाँ।

उन्होंने टैक्सी ड्राइवर से कहा कि वह उन्हें मादलेन पहुँचा दे। और दिनों के मुकाबले कम गर्मी थी और चलना आसान था बशर्ते कि उस फुटपाथ पर चला जाये जहाँ छाँव थी। उन्होंने आरकाद मार्ग पकड़ा जो धूप की वजह से निर्जन और शांत था।

एक लम्बे अरसे से वह इस तरफ़ नहीं आए थे। उन्हें ध्यान आया कि उनकी माँ पास में ही एक थियेटर में एक्टिंग करती थीं और पिता का ऑफ़िस 73, बुलवार ओसमान पर बायीं तरफ़ सड़क के बिलकुल अंतिम छोर पर हुआ करता था। उन्हें इस बात पर आश्चर्य हुआ कि 73 नम्बर अभी भी कैसे उनकी

स्मृति में है। पर वक़्त के साथ वह बीती हुई बात इतनी धुँधली हो गयी थी... धूप पड़ने से धुँधलका छँटता है।

कैफ़े उस कोने पर था, जहाँ वह सड़क और बुलवार ओसमान मिलते थे। खाली कमरा, लम्बे पटल के ऊपर बने हुए खाने, जैसे सेल्फ़ सर्विस रेस्तराँ में या पुराने वीम्पी फ़ास्ट फूड रेस्तराँ में होता था। दारागान एक पिछली मेज़ पर बैठ गए। क्या वह अजनबी मिलने आएगा? गर्मी के कारण दोनों दरवाज़े खुले थे : एक सड़क की तरफ़ और दूसरा बुलवार की तरफ़। सड़क की दूसरी तरफ़ 73 नम्बर की बड़ी-सी बिल्डिंग अवस्थित थी...उन्होंने सोचा कि कहीं उनके पिता के कार्यालय की एक खिड़की इस तरफ़ तो नहीं खुलती। किस मंज़िल पर? पर समय के साथ-साथ ये स्मृतियाँ उनकी पकड़ से छूट रही थीं, जैसे साबुन के बुलबुले या किसी सपने के अंश जो जागते ही उड़नछू हो जाते हैं। थियेटर के सामने मातुरैं मार्ग के कैफ़े में, जहाँ वह अपनी माँ का इंतज़ार करते थे या सैं-लाज़ार स्टेशन के आस-पास जहाँ वह एक ज़माने में खूब आते-जाते थे, उनकी स्मृति और भी जीवंत होती। परन्तु नहीं। बिलकुल नहीं। यह शहर अब वैसा नहीं रह गया था।

'जाँ दारागान साहब?'

उन्होंने आवाज़ पहचान ली थी। कोई चालीस साल का आदमी उनके सामने खड़ा था और साथ में उससे कम उम्र की एक लड़की।

'जील ओतोलीनी।'

यह वही आवाज़ थी, लद्धड़ और धमकी-भरी। वह लड़की की तरफ़ इशारा कर रहा था—

'एक दोस्त...शांताल ग्रीपे।'

दारागान अपनी बैंच पर बैठे रहे, निश्चेष्ट, यहाँ तक कि हाथ भी नहीं मिलाया। दोनों उनके सामने बैठ गए।

'माफ़ कीजिएगा...हम थोड़ी देर से आये...'

स्वर में व्यंग्योक्ति थी, ज़रूर प्रभाव जमाने के लिए। हाँ, यह वही आवाज़ थी, जिसमें दक्षिणी फ्रांस की उच्चारण-विशिष्टता का एक हल्का, क्षीण-सा पुट था, जिसे पिछले दिन दारागान टेली.फ़ोन पर नहीं पकड़ पाए थे।

त्वचा का रंग हाथी-दाँत की तरह, काली आँखें, गरुड़ की चोंच की तरह

नाक। चेहरा पतला—चाहे सामने से देखें या बगल से।

'यह रही आपकी अमानत,' उसने उसी व्यंग्योक्ति से कहा, मानो अपनी घबराहट छिपा रहा हो।

फिर उसने अपने कोट की जेब से नोटबुक निकाली। मेज़ पर नोटबुक रखकर उसे हथेली से ढक दिया, अँगुलियाँ फैली हुई थीं। मानो वह दारागान को नोटबुक लेने से रोकना चाहता था।

लड़की थोड़ा पीछे हटकर बैठी थी मानो वह नहीं चाहती थी कि उस पर किसी का ध्यान जाए। लगभग तीस साल की, गरदन तक काले बाल। वह काली पतलून के ऊपर काली कमीज़ पहने थी। उसने सशंकित नज़रों से दारागान को देखा। उसके गाल की हड्डी और तिरछी आँखों को देखकर उन्होंने सोचा कि कहीं यह लड़की वियतनामी तो नहीं—या चीनी।

'तो कहाँ मिली यह नोटबुक आपको?'

'गार द लियों स्टेशन के कैफ़े की एक सीट के नीचे, फ़र्श पर।'

उसने नोटबुक को उनके हवाले किया। दारागान ने उसे जेब में खिसका दिया। दरअसल, उन्हें याद आया कि कोत दाज़्यूर जाने वाले दिन वह गार द लियों कैफ़े पर जल्दी पहुँच गए थे और पहली मंज़िल के रेस्तराँ में बैठे थे।

'आप कुछ पीना चाहेंगे?' जील ओतोलीनी ने पूछा।

दारागान को एकबारगी ख़याल आया कि वह उन्हें वहीं छोड़कर चंपत हो जाएँ। पर उन्होंने इरादा बदल दिया।

'एक श्वेप।'

'ऑर्डर लेने के लिए किसी को ढूँढ़ो। मेरे लिए एक कॉफ़ी,' ओतोलीनी ने लड़की की तरफ़ मुड़कर कहा।

वह लड़की फटाफट उठी। लगता था, उसे ओतोलीनी के हुक्म बजाने की आदत थी।

'यह नोटबुक खोकर तो आपको अवश्य बुरा लगा होगा...'

उसने ऐसी अजीब मुस्कान बिखेरी जो दारागान को गुस्ताख लगी। पर हो सकता है कि यह उसके अटपटेपन या संकोच के कारण हुआ हो।

'दरअसल,' दारागान ने कहा, 'मैं आजकल टेलीफ़ोन कम ही यूज़ करता हूँ।'

उस आदमी ने उन्हें आश्चर्य भरी निगाह से देखा। लड़की उनकी मेज़ पर वापस आकर पुनः बैठ गयी।

'इस समय यहाँ सर्विस नहीं होती। यह कैफ़े बंद करने का समय है।'

पहली बार दारागान ने उस लड़की की आवाज़ सुनी, एक रूखी आवाज़ जिसमें उसके पास बैठे व्यक्ति की तरह दक्षिणी फ्रांस की हल्की उच्चारण-विशिष्टता नहीं थी। बल्कि पेरिस की उच्चारण-विशिष्टता थी, यदि इसका कोई मतलब हो तो।

'क्या आपका कार्यालय यहीं कहीं है?' दारागान ने पूछा।

'पास्किये मार्ग पर एक विज्ञापन एजेंसी में। स्वीर्त एजेंसी।'

'और आपका भी?'

उन्होंने लड़की की तरफ़ रुख किया था।

इससे पहले कि लड़की जवाब देती, ओतोलीनी ने कहा, 'नहीं, आजकल यह कुछ नहीं करती।' और फिर से वही दबी मुस्कान। लड़की भी मुस्कान बिखेर रही थी।

दारागान को वहाँ से निकलने की जल्दी थी। यदि उन्होंने अभी उनसे पीछा न छुड़ाया तो क्या बाद में ऐसा कर पाएँगे?

'मैं आपसे साफ़-साफ़ बात करूँगा...' वह दारागान की तरफ़ झुक रहा था और उसकी आवाज़ पहले से अधिक कर्णभेदी थी।

दारागान का मनोभाव वैसा ही था जैसा पिछले दिन टेलीफ़ोन पर हुआ था। हाँ, वह आदमी किसी कीड़े की तरह हठी था।

'मैंने आपकी नोटबुक के पन्ने पलटने की धृष्टता की है...मात्र उत्सुकतावश...'

लड़की ने सिर घुमा लिया था, मानो वह दिखाना चाहती थी कि वह कुछ सुन नहीं रही है।

'आपको बुरा नहीं लगा?'

दारागान ने उसकी आँखों में आँखें डालीं। वह व्यक्ति उन्हें एकटक देखता रहा।

'भला मुझे बुरा क्यों लगेगा?'

चुप्पी। उस व्यक्ति ने अंततः नज़रें नीची कर लीं। फिर उसी कठोर आवाज़ में—

'कोई है जिसका नाम मुझे आपकी नोटबुक में मिला। मैं चाहता हूँ कि आप मुझे उसके बारे में कुछ बतायें...'

स्वर में पहले से अधिक विनम्रता आ गयी थी।

'धृष्टता के लिए क्षमा करें...'

'किसके बारे में?' दारागान ने अनमने ढंग से पूछ लिया।

उसको एकबारगी खड़े होकर तेज़ी से बुलवार ओसमान की ओर के दरवाज़े की तरफ़ जाने की ज़रूरत महसूस हुई। और खुली हवा में साँस लेने की भी।

'गी तौर्संतेल के बारे में।'

उसने उपनाम और प्रथम नाम के शब्दांश का साफ़-साफ़ उच्चारण किया था, ताकि दारागान की सोयी हुई स्मृति को जगाया जा सके।

'क्या कहा आपने?

'गी तौर्संतेल।'

दारागान ने अपनी जेब से नोटबुक निकाली और अक्षर 'त' का पन्ना खोला। पृष्ठ के शुरू में ही उन्होंने वह नाम पढ़ा, पर इस गी तौर्संतेल के बारे में उन्हें कुछ भी याद नहीं आया।

'मालूम नहीं यह कौन है।'

'सचमुच?'

वह व्यक्ति निराश लग रहा था।

'यहाँ यह सात अंकों का एक टेलीफ़ोन नम्बर है,' दारागान ने कहा। 'यह कम-से-कम तीस साल पुराना होगा...'

उन्होंने पृष्ठ पलटे। और दूसरे नम्बर नये थे। दस अंक वाले। और यह नोटबुक वह केवल पाँच साल से इस्तेमाल कर रहे थे।

'इस नाम के बारे में आपको कुछ भी याद नहीं?'

'नहीं।'

कुछ साल पहले यदि ऐसा हुआ होता तो उन्होंने अपनी चिरपरिचित आत्मीयता दिखाई होती। उन्होंने कहा होता—'इस गुत्थी को सुलझाने के लिए मुझे कुछ समय चाहिए...' पर, उनके मुँह से यह नहीं निकला।

'यह एक खबर है, जिस पर मैंने अच्छी-खासी जानकारी इकट्ठी की थी।'

उस व्यक्ति ने बोलना जारी रखा। 'इस नाम का ज़िक्र है। बस यही बात है...'

जैसे वह अपना बचाव कर रहा हो।

'किस तरह की खबर?'

दारागान ने यों ही यह प्रश्न पूछ लिया था, जैसे वह अपनी पुरानी विनम्र शैली फिर से अपना रहे हों।

'एक बहुत पुराना वाकया है...मैं उसके बारे में एक आलेख लिखना चाहता था...दरअसल, मैं पहले पत्रकारिता किया करता था...'

पर दारागान का ध्यान भटक रहा था। जितनी जल्दी हो उनसे जान छुड़ाकर निकलना चाहते थे, वरना यह आदमी उन्हें अपनी ज़िन्दगी की पूरी कहानी सुनाकर ही मानेगा।

'मुझे माफ़ करना,' उन्होंने उस व्यक्ति से कहा। 'मुझे इस तौर्सतेल के बारे में कुछ ध्यान नहीं...मेरी उम्र में याददाश्त क्षीण हो जाती है...दुर्भाग्यवश, मुझे आपसे विदा लेनी होगी...'

उठकर उन्होंने दोनों से हाथ मिलाया। ओतोलीनी ने उन्हें कड़ी नज़र से देखा, मानो दारागान ने उसे आहत किया हो और वह करारी चोट देने की ताक में हो। जहाँ तक लड़की की बात है, उसने अपनी नज़रें झुका ली थीं।

वह पूरी तरह से खुले उस शीशे के चौड़े दरवाज़े की तरफ़ बढ़े जो बुलवार ओसमान की ओर खुलता था, इस आशा के साथ कि वह व्यक्ति उनका रास्ता नहीं रोकेगा। बाहर आकर उन्होंने एक लम्बी साँस ली। कितना अजीब ख़याल है! एक अजनबी के साथ यह मुलाकात! जब वह खुद तीन महीने से किसी से मिले नहीं थे और उन्हें बुरा भी नहीं लगा था...इसके विपरीत। इस एकाकीपन में उन्होंने कभी इतना हल्का महसूस नहीं किया। जबकि सुबह या शाम उमंग के अजीब पल भी आते थे, मानो आज भी सब कुछ संभव है और जैसा कि पुरानी फ़िल्म का शीर्षक है—'एडवेंचर ले एट द कॉर्नर ऑफ़ द स्ट्रीट'...कभी भी, उनकी जवानी की गर्मियों में भी उनकी ज़िन्दगी में ऐसी भारहीनता का अनुभव नहीं हुआ था, जैसा इन गर्मियों की शुरुआत से हो रहा था। पर, ग्रीष्म ऋतु अनिश्चितता से भरी है—एक 'अभौतिक ऋतु', दर्शन के प्राध्यापक मोरिस काविंग ने कभी उनसे कहा था। कितनी अजीब बात है! 'काविंग' का नाम उन्हें अभी भी याद है, पर तौर्सतेल क्यों नहीं ध्यान आ रहा?

धूप अभी भी थी और एक हल्की बयार चलने से गर्मी से राहत मिल रही थी। उस वक्त बुलवार ओसमान निर्जन था।

पिछले पचास सालों में वह वहाँ से अक्सर गुज़रे थे और बचपन में भी जब उनकी माँ कुछ ऊपर बुलवार पर प्रैन्तो की दूकान में उन्हें लाती थीं। पर इस शाम, यह शहर उन्हें अनजाना लग रहा था। उन्होंने वे सारी डोरें काट डाली थीं जो उन्हें अभी भी शहर से जोड़ती थीं या यूँ कहें कि शहर ने ही उन्हें अस्वीकार कर दिया था।

एक बैंच पर बैठकर उन्होंने अपनी जेब से नोटबुक निकाली। वह नोटबुक को फाड़कर टुकड़ों को बैंच के करीब हरे प्लास्टिक के डब्बे में डालने के लिए मन बना रहे थे। पर, वह हिचकिचाए। नहीं, वह बाद में ऐसा करेंगे, घर जाकर, आराम से। यों ही बेख़याल होकर वह नोटबुक के पन्ने पलटने लगे। इन टेलीफ़ोन नम्बरों में शायद ही कोई ऐसा था जिसे वह डायल करना चाहते थे। फिर, दो-तीन नम्बर जो वहाँ नहीं थे, जिनकी अहमियत उनके लिए थी और जो उन्हें आज भी जुबानी याद थे, डायल करने पर अब कोई जवाब नहीं देगा।

क़रीब नौ बजे सुबह टेलीफ़ोन की घंटी बजी। वह अभी-अभी जगे थे।

'दारागान साहब? मैं जील ओतोलीनी।'

उन्हें आवाज़ में पिछले दिन से कम कठोरता महसूस हुई।

'मुझे कल के अपने व्यवहार पर खेद है...मुझे लगा कि मैंने आपको परेशान किया...'

स्वर शालीन था, बल्कि सम्मानपूर्ण। कीड़े की तरह आग्रह, जिससे दारागान विचलित हुए थे, नहीं था।

'कल...मैंने सड़क पर आपको रोकना चाहा...आप तेज़ी से आगे निकल गए...'

चुप्पी। पर यह चुप्पी धमकी-भरी नहीं थी।

'दरअसल, मैंने आपकी कुछ किताबें पढ़ी हैं। खास तौर से *Le Noir de L'ètè*...'

Le Noir de L'ètè। इसका भान होने में उन्हें कुछ सैकेंड लगे क्योंकि दरअसल यह उपन्यास उन्होंने बहुत पहले लिखा था। उनका पहला उपन्यास। इतनी पुरानी बात है कि...

'*Le Noir de L'ètè* मुझे बहुत पसंद आया। यह नाम जो आपकी नोटबुक में दर्ज है और जिसकी हमने चर्चा की...तौर्संतेल...आपने यह नाम *Le Noir de L'ètè* में इस्तेमाल किया है।'

दारागान को इस सम्बन्ध में कुछ भी याद नहीं था। यहाँ तक कि किताब के दूसरे हिस्से के बारे में भी नहीं।

'क्या आप यकीन से ऐसा कह सकते हैं?'

'आपने बस उसका नाम लिया है...'

'*Le Noir de L'etè* मुझे फिर से पढ़ना होगा। पर मेरे पास इसकी एक भी प्रति नहीं है।'

'मैं अपनी प्रति आपको दे सकता हूँ।'

दारागान को लगा कि उसके स्वर में काफ़ी रूखापन और गुस्ताखी है। बेशक उनका अनुमान सही नहीं था। एक लम्बे एकाकीपन के कारण—गर्मियों की शुरुआत से अब तक उनकी बातचीत किसी से नहीं हुई थी—आप दूसरे मनुष्यों के प्रति शंकालु और तुनकमिज़ाज हो जाते हैं और उनका मूल्यांकन करने में आपसे चूक हो जाती है। नहीं, लोग इतने बुरे भी नहीं हैं।

'कल विस्तारपूर्वक बातचीत करने का हमारे पास खास समय नहीं था... पर तौर्सतेल के बारे में आप क्या जानना चाहते हैं... ?'

दारागान की खुशमिजाज आवाज़ लौट आई थी। बस किसी से बात करने भर की देर थी। यह जिमनास्टिक के व्यायाम की तरह है, जिससे लचीलापन आता है।

'एक पुरानी खबर से शायद उसका सम्बन्ध है...अगली बार जब हमारी मुलाकात होगी, मैं आपको सारे कागज़ात दिखाऊँगा...मैंने आपको बताया था कि मैं इस पर एक आलेख लिख रहा हूँ...'

तो यह आदमी उनसे फिर मिलना चाहता था। क्यों नहीं ? कुछ समय से उनके मन में यह बात घर कर गयी थी कि कोई नया व्यक्ति उनकी ज़िन्दगी में दखल न दे। पर, कभी-कभी लोगों से मिलने का भी उनका मन करता था। वक्त-वक्त की बात है। सो उन्होंने कहा :

'तो, मैं आपके लिए क्या कर सकता हूँ?'

'दो दिन के लिए मुझे अपने काम से बाहर जाना पड़ रहा है। लौटने पर आपको फ़ोन करूँगा। फिर हम मिलेंगे।'

'जैसी आपकी मर्ज़ी।'

उनकी मन:स्थिति अब कल जैसी नहीं थी। निस्संदेह उन्होंने जील ओतोलीनी से समुचित व्यवहार नहीं किया था और उनकी मुलाकात भी एक मनहूस दिन हुई थी। इसका सम्बन्ध उस टेलीफ़ोन की घंटी से था, जिसकी वजह से उस दोपहर उन्हें अर्धनिद्रा से अचानक जागना पड़ा था...कुछ महीनों के बाद यह घंटी पहली बार बजी थी जिससे वह डर गए थे और यह उतनी ही

भयानक लगी थी जैसे पौ फटते ही किसी ने उनका दरवाज़ा खटखटाया हो।

Le Noir de L'ètè पुन: पढ़ने की उन्हें इच्छा नहीं थी। हालाँकि पढ़कर उन्हें ऐसा लगेगा जैसे किसी और ने लिखा है। वह जील ओतोलीनी से इतना ही कहेंगे कि वह उन्हीं पन्नों की फ़ोटोकॉपी कराए जिनका सम्बन्ध तौर्संतेल से है। क्या इतने भर से उन्हें कुछ याद आएगा ?

उन्होंने 'त' अक्षर का पन्ना अपनी नोटबुक में निकाला, 'गी तौर्संतेल, 42340 55' को नीले बॉल प्वाइंट पेन से रेखांकित किया और उस नाम के बगल में प्रश्नवाचक चिह्न लगा दिया। उन्होंने एक पुरानी नोटबुक से ये सारे पन्ने नकल किये थे, जिनमें से मृत व्यक्तियों के नाम और अप्रचलित नम्बर हटा दिये गए थे। बेशक एक मिनट के लिए उनका ध्यान बँटा और इस गी तौर्संतेल का नाम पन्ने में सबसे ऊपर दर्ज हो गया। तीस साल पुरानी नोटबुक खोजकर निकालनी होगी। जब इस नाम के साथ दूसरे पुराने नामों को देखेंगे तो शायद उनकी याद ताज़ा होगी।

पर आज उनमें इतनी हिम्मत नहीं थी कि अलमारी और दराज़ों की छानबीन करें। *Le Noir de L'ètè* पढ़ने की तो और भी कम हिम्मत थी। और फिर कुछ समय से उनका पठन एक ही लेखक तक सीमित हो गया था—ब्यूफों। स्पष्ट शैली की वजह से उन्हें पढ़कर काफ़ी सुकून मिलता था और उन्हें इसका अफ़सोस था कि उनकी लेखनी पर ब्यूफों का प्रभाव क्यों नहीं हुआ—ऐसे उपन्यास लिखना जिनमें पात्र जानवर और यहाँ तक कि पेड़-पौधे और फूल हों...। यदि आज उनसे कोई पूछे कि वह किस लेखक की तरह बनना चाहते हैं तो उनका बेहिचक जवाब होगा—पेड़-पौधों और फूलों पर लिखने वाले ब्यूफों की तरह।

उस दिन की तरह दोपहर में उसी समय टेलीफ़ोन की घंटी बजी और उन्हें लगा कि फिर से जील ओतोलीनी का फ़ोन है। पर नहीं, एक महिला की आवाज़ थी।

'शांताल ग्रीपे। आपको याद है? हम जील के साथ कल ही मिले थे...मैं आपको परेशान नहीं करना चाहती...'

दुर्बल आवाज़ थी। घरघराहट से आवाज़ अस्पष्ट हो गयी थी।

चुप्पी।

'दारागान साहब, मुझे आपसे मिलने की बेहद इच्छा है। जील के बारे में आपसे बात करने के लिए...'

अब आवाज़ अधिक स्पष्ट थी। संभवत:, उस शांताल ग्रीपे ने अपने संकोच पर काबू पा लिया था।

'कल जब आप चले गए तो उसे डर हुआ कि आप गुस्सा न हो गए हों। वह दो दिन अपने काम के लिए लियों में रहेगा...क्या आप दोपहर बाद मुझसे मिलना चाहेंगे?'

शांताल ग्रीपे का स्वर आत्मविश्वास से भर गया था, जैसे पानी में छलाँग लगाने के पहले कोई कुछ क्षण के लिए हिचकिचाता है।

'लगभग पाँच बजे, आप के लिए ठीक रहेगा? मैं 118, शारोन मार्ग में रहती हूँ।'

दारागान ने उसी पन्ने पर पता नोट किया जिस पर लिखा था—गी तौरंतेल।

'बरामदे के छोर पर चौथी मंज़िल पर। नीचे लैटरबॉक्स पर लिखा हुआ है। वहाँ जोज़ेफीन ग्रीपे का नाम है, पर मैंने अपना प्रथम नाम बदल लिया है...'

'118, शारोन मार्ग। छह बजे शाम को...चौथी मंज़िल,' दारागान ने दुहराया।

'हाँ, बिलकुल सही...हम जील के बारे में बात करेंगे...'

जब शांताल ने टेलीफ़ोन का चोंगा रखा, उसके द्वारा कहा हुआ वाक्य 'हम जील के बारे में बात करेंगे।' दारागान के दिमाग में अलेक्ज़ेंड्राई छंद की पंक्ति के अंत की तरह गूँज रहा था। यह पूछना उनके लिए ज़रूरी था कि उसने अपना प्रथम नाम क्यों बदल दिया।

❧

अपने आस-पास के मकानों से ऊँचा थोड़ा पीछे हटकर यह ईंट का मकान था। लिफ़्ट से आने की बजाय दारागान ने चार मंज़िल सीढ़ियों से चढ़कर आना बेहतर समझा। बरामदे के छोर पर, दरवाज़े पर एक मुलाकाती कार्ड लगा था जिस पर 'जोज़ेफीन ग्रीपे' लिखा था। प्रथम नाम 'जोज़ेफीन' काटकर बैंगनी रंग की स्याही से 'शांताल' लिखा हुआ था। वह घंटी बजाने ही वाले थे कि दरवाज़ा खुला। कैफ़े में उस दिन की तरह उसने काले कपड़े पहने हुए थे।

'घंटी खराब है, पर मैंने आपके पैरों की आहट सुनी।'

दरवाज़े की चौखट पर खड़ी-खड़ी वह मुस्कुरा रही थी। लगता था कि उन्हें अंदर बुलाने में संकोच कर रही थी।

'आप कहें तो हम कहीं बाहर जाकर कुछ पीते हैं,' दारागान ने कहा।

'अरे नहीं। अंदर आइए।'

औसत आकार का कमरा और दायीं तरफ़ एक खुला हुआ दरवाज़ा। शायद यह बाथरूम की तरफ़ खुलता था। छत से एक बल्ब लटक रहा था।

'यह कमरा बड़ा नहीं है। पर हम यहाँ बेहतर ढंग से बातचीत कर सकते हैं।'

वह दो खिड़कियों के बीच चमकदार लकड़ी से बनी मेज़ की तरफ़ बढ़ी, कुर्सी उठायी और बिस्तर के समीप रखी।

'बैठ जाइए।'

वह स्वयं बिस्तर के किनारे या यों कहें कि गद्दे के किनारे बैठ गई क्योंकि बिस्तर के नीचे आधार तो था नहीं।

'यह मेरा कमरा है...जील ने अपने लिए कुछ बड़ा कमरा सत्रहवें आरोंदिसमाँ में ग्रेज़ीव्होदाँ स्क्वेयर में ढूँढ़ लिया है।'

वह उनसे बात करने के लिए सिर उठा रही थी। उनका वश चले तो वह ज़मीन पर बैठ जाते या बिस्तर के किनारे उसकी बगल में।

'जील को यकीन है कि आप उसे आलेख लिखने में मदद करेंगे... दरअसल, उसने एक किताब लिखी है, पर आपको बताने के लिए वह हिम्मत नहीं जुटा पाया...'

वह बिस्तर पर पीछे की ओर झुकी, हाथ फैलाया और एक छोटी मेज़ पर पड़ी हरी जिल्द की किताब उठायी।

'ये रही...जील से मत बताइएगा कि मैंने आपको यह किताब दी है...'

Le Flâneur hippique नामक एक पतली-सी किताब जिसकी जिल्द के पिछले पन्ने पर पढ़ने से पता लगता था कि साबलिए प्रकाशक ने यह तीन साल पहले प्रकाशित की है। दारागान ने इसे खोलकर अनुक्रमणिका पर एक नज़र डाली। किताब में दो बड़े अध्याय थे—'रेस कोर्सेज़' और 'जॉकीज़ स्कूल'।

वह अपनी हल्की तिरछी आँखों से उन्हें निहार रही थी।

'बेहतर होगा कि उसे पता न चले कि हम मिले हैं।'

वह उठी, दो खिड़कियों में से एक जो अधखुली थी, उसे बंद किया और फिर से बिस्तर के किनारे पर बैठ गयी। दारागान को लगा कि उसने यह खिड़की इसलिए बंद की कि कोई उनकी बातचीत न सुन ले।

'स्वीर्त कम्पनी में काम करने के पहले, जील शोध-पत्रिकाओं और विशेष समाचार-पत्रों में रेस और घोड़ों पर आलेख लिखता था।'

वह ऐसे हिचकिचा रही थी जैसे कोई गोपनीय बात कहने जा रही हो।

'जब वह कम उम्र का था तो मेजों लाफ़ति में जॉकी स्कूल में था। पर उसे काफ़ी कठिनाई हुई...उसे छोड़ना पड़ा...यदि आप किताब पढ़ें तो आपको पता चलेगा...'

दारागान उसकी बात ध्यान से सुन रहे थे। अजीब लग रहा था, इतनी जल्दी लोगों की ज़िन्दगी में प्रवेश करना...उन्हें लगता था कि इस उम्र में उनके साथ ऐसा कुछ नहीं होगा। कुछ तो आलस्य से और कुछ अनुभूति के कारण लोग आपसे धीरे-धीरे दूर हो जाते हैं।

'वह मुझे रेसकोर्स लेकर गया...उसने मुझे दाँव लगाना सिखाया...यह एक नशा है, दरअसल...'

एकाएक वह उदास दिखने लगी थी। दारागान सोच रहे थे कि कहीं यह लड़की उनसे कोई आर्थिक या नैतिक मदद तो नहीं लेना चाहती? दिमाग में आये इन अंतिम शब्दों की गंभीरता पर उन्हें हँसी आ रही थी।

'तो आप अभी भी रेसकोर्स में दाँव लगाने जाती हैं?'

'अब कम जाती हूँ, जब से वह स्वीर्त कम्पनी में काम करने लगा है।'

उसकी आवाज़ धीमी हो गयी थी। शायद उसे डर था कि कहीं जील ओतोलीनी बिना बताए उस कमरे में न आ धमके और दोनों को चौंका दे।

'मैं आपको वह नोट्स दिखाऊँगी जो उसने आलेख लिखने के लिए इकट्ठे किये हैं...शायद आप उन लोगों को जानते थे...'

'कौन लोग?'

'मसलन जिस व्यक्ति की चर्चा उसने आपसे की थी...गी तौर्संतेल...'

फिर से वह बिस्तर पर पीछे झुकी और छोटी मेज़ के नीचे पड़े आसमानी रंग के गत्ते के फ़ोल्डर को निकालकर खोला। उस फ़ाइल में कुछ टंकित पन्ने थे और एक किताब थी, जिसे उसने दारागान की तरफ़ बढ़ाया—*Le Noir de L'ètè*।

'मेरे हिसाब से बेहतर यह होगा कि इसे आप रखें,' दारागान ने रूखे स्वर में कहा।

'जील ने वह पन्ना इंगित किया है, जहाँ आपने गी तौर्संतेल की चर्चा की है...'

'मैं जील से इसकी फ़ोटोकॉपी करने के लिए कहूँगा। इस तरह से मुझे पूरी किताब नहीं पढ़नी पड़ेगी...'

यह जानकर वह अचंभित लग रही थी कि दारागान अपनी किताब पुनः नहीं पढ़ना चाहते।

'थोड़ी देर में हम उनके द्वारा बनाये गए नोट्स की फ़ोटोकॉपी करने भी जाएँगे, ताकि आप उसे अपने साथ ले जा सकें।'

फिर शांताल ग्रीपे ने टंकित पन्नों की तरफ़ इशारा किया।

'पर यह सब केवल हमारी आपस की बात है...'

कुर्सी पर बैठे-बैठे दारागान को असुविधा महसूस हो रही थी और वह झेंप मिटाने के लिए जील ओतोलीनी की किताब के पन्ने पलट रहे थे। अध्याय 'रेसकोर्सेज़' में उनकी नज़र बड़े अक्षरों में छपे 'ल त्रॉंबले' शब्द पर पड़ी। इस

शब्द से उनके मस्तिष्क में कुछ कौंधा, पता नहीं किस संदर्भ में, जैसे धीरे-धीरे उनकी स्मृति में कोई ख़याल आ रहा था जिसे वह भूल चुके थे।

'पढ़ने पर पता चलेगा...यह रोचक किताब है...'

उनकी तरफ़ सिर उठाकर वह देख रही थी और मुस्कुरा रही थी।

'आप यहाँ एक अरसे से रहती हैं क्या ?'

'दो साल से।'

मटमैली दीवारें जिनकी सालों से रंगाई नहीं हुई थी, छोटी मेज़ और दो खिड़कियाँ, जो एक प्रांगण की तरफ़ खुलती थीं...जब वह शांताल ग्रीपे की उम्र के और उससे भी छोटे थे तो इसी तरह के कमरे में रह चुके थे। पर उन दिनों वह पूरब के मुहल्ले में नहीं था, बल्कि दक्षिण में चौदहवें या पंद्रहवें आरौंदिसमाँ के किनारे पर था। और उत्तर-पश्चिम हिस्से में ग्रेज़ीव्होदाँ स्क्वेयर था। शांताल के द्वारा उसका नाम अभी-अभी लेना एक अद्भुत संयोग था। और पिगाल और ब्लांश के बीच मोंमार्त्र की पहाड़ी के नीचे होना भी।

'मुझे मालूम है कि आज सुबह लियों के लिए प्रस्थान करने के पहले जील ने आपको फ़ोन किया था। क्या उसने आपको कुछ खास नहीं बताया ?'

'बस यही कि हम मिलने वाले हैं।'

'उसे डर था कि आप नाराज़ न हो जाएँ...'

कहीं जील ओतोलीनी को आज की उनकी इस मुलाकात के बारे में जानकारी तो नहीं ? शायद उसने समझा हो कि शांताल दारागान से कुछ सूचना उगलवाने में ज़्यादा कारगर होगी, विभिन्न पुलिस इंस्पेक्टरों की तरह जो बारी-बारी से पूछताछ करते हैं। नहीं, वह लियों नहीं गया था और दरवाज़े के पीछे खड़ा उनकी बातचीत सुन रहा था। ऐसी सोच पर वह मुस्कुराए।

'मैं आपके निजी मामले में थोड़ा दखल दे रहा हूँ, पर मैं सोच रहा हूँ कि आपने अपना प्रथम नाम क्यों बदला ?'

'मुझे लगा कि जोज़ेफीन से अधिक आसान नाम शांताल है।'

उसने गंभीरता से उत्तर दिया था, मानो यह प्रथम नाम बहुत सोच-समझकर बदला गया था।

'जहाँ तक मेरा ख़याल है, आजकल शांताल नाम शायद ही सुनने को मिलता है। कहाँ से मिला आपको यह प्रथम नाम ?'

'मैंने मतदाता सूची से खोजा था।'

उसने आसमानी गत्ते से बने फ़ोल्डर को अपनी बगल में बिस्तर पर रखा था। *Le Noir de L'ètè* की प्रति और टंकित पन्नों के बीच एक बड़ी फ़ोटो का आधा हिस्सा बाहर निकल रहा था।

'यह कैसी फ़ोटो है ?

'एक बच्चे की फ़ोटो...आपको पता चलेगा...यह कागज़ात से सम्बन्धित है...'

उन्हें यह शब्द 'कागज़ात' पसंद नहीं था।

'जील अपनी रुचि की खबर के बारे में पुलिस से कुछ सूचना प्राप्त कर सका है...हमारा परिचय एक पुलिस ऑफ़िसर से हुआ जो घुड़दौड़ में सट्टेबाज़ी करता था...उसने पुरानी फ़ाइलों में खोजबीन की...उसे यह फ़ोटो भी मिली...'

फिर से उसकी आवाज़ उस दिन कैफ़े वाली हो गयी थी। उसकी उम्र में इस तरह की आवाज़ कमाल की बात है।

'बुरा न मानें तो मैं एक बात कहूँ?' दारागान ने कहा। 'मैं इस कुर्सी पर बैठकर बहुत ज़्यादा ऊँचाई पर हूँ।'

वह बिस्तर के पैताने ज़मीन पर आकर बैठ गए। अब वे दोनों समान ऊँचाई पर थे।

'नहीं, नहीं...आपको यहाँ तकलीफ़ होगी...बिस्तर पर बैठ जाइए...'

वह दारागान की तरफ़ झुकी थी और उसका चेहरा उनके चेहरे के इतना करीब था कि उन्हें शांताल के बाएँ गाल की हड्डी पर एक छोटे घाव का निशान दिखा। ल त्राँबले। शांताल। ग्रेज़ीव्होदाँ स्क्वेयर। ये शब्द उनके मस्तिष्क में उभर रहे थे। एक कीड़े का दंश, शुरुआत में हल्का, फिर धीरे-धीरे उसकी पीड़ा बढ़ती जाती है, फिर ऐसा महसूस होता है जैसे कुछ फट रहा है। वर्तमान और भूत आपस में गड्डु-मड्डु हो रहे हैं और यह सहज प्रतीत हो रहा है, क्योंकि इन दोनों के बीच बस सेलोटेप की एक दीवार थी। इस सेलोटेप को भेदने के लिए एक कीड़े का काटना काफ़ी था। साल बताना तो मुश्किल होगा, पर वह बहुत छोटे थे, इतने ही छोटे कमरे में एक लड़की के साथ जिसका नाम था शांताल—उस ज़माने में यह प्रथम नाम बहुत प्रचलित था। उस शांताल का पति, पॉल नामक व्यक्ति और उसके दोस्त पेरिस के पास के कसीनो आँगियाँ, फ़ोर्ज़-लेज़-ओ...गए थे, जैसा कि हर शनिवार को वहाँ आदतन वे जुआ खेलने जाते थे

और अगले दिन कुछ पैसा बनाकर लौटते थे। उन लोगों के लौटने तक दारागान और शांताल ग्रेज़ीव्होदाँ स्क्वेयर के कमरे में सारी रात गुज़ारते थे। पॉल, उसका पति रेसकोर्स के भी चक्कर लगाता था। एक जुआरी के नाते उसे केवल जीत के नुस्खे से मतलब था।

दूसरी शांताल—आज वाली—ने उठकर दोनों में से एक खिड़की खोली। उस कमरे में गर्मी बहुत होने लगी थी।

'मैं जील के टेलीफ़ोन आने का इंतज़ार कर रही हूँ। मैं उसे नहीं बताने वाली कि आप यहाँ हैं। क्या आप वादा करते हैं कि आप उसकी मदद करेंगे?'

फिर से उन्हें ऐसा लगा कि उसकी और जील ओतोलीनी, दोनों की आपस में कुछ मिलीभगत है कि वे दारागान को चैन से साँस नहीं लेने देंगे और बारी-बारी से उनसे मिलेंगे। पर उद्देश्य क्या है? और किस काम में मदद करूँ? एक पुरानी खबर पर आलेख लिखने में, जिसके बारे में दारागान को अभी तक कुछ मालूम नहीं। शायद 'कागज़ात', जैसा कि वह अभी-अभी कह रही थी—वह कागज़ात जो उसके बगल में बिस्तर पर गत्ते से बने खुले फ़ोल्डर में पड़े हैं, को देखकर कोई सुराग मिले।

'क्या आप वचन देते हैं कि आप उसकी मदद करेंगे?'

उसका आग्रह बढ़ गया था और उसकी तर्जनी हिल रही थी। उन्हें समझ में नहीं आ रहा था कि ऐसे इशारे को धमकी मानें या नहीं।

'बशर्ते कि वह मुझे साफ़-साफ़ बताए कि उसे मुझसे क्या चाहिए।'

बाथरूम से टेलीफ़ोन की घंटी की तेज़ आवाज़ आ रही थी। फिर संगीत की कुछ ध्वनि।

'मेरा मोबाइल...जील ही होगा...' वह बाथरूम में घुसी और उसने दरवाज़ा अंदर से बंद कर लिया, मानो वह नहीं चाहती थी कि दारागान उसकी बात सुने। वह बिस्तर के सिरे पर बैठ गए। दरवाज़े के पास दीवार की खूँटी पर उनका ध्यान नहीं गया था जहाँ एक पोशाक टँगी थी जो काले रंग के साटन के कपड़े से बनी लग रही थी। कंधे के नीचे दोनों तरफ अबाबील पक्षी वाली सुनहली पत्ती टँकी थी। कमर और कलाई पर ज़िप लगी थी। जरूर ही यह पुरानी पोशाक कबाड़ी बाज़ार से खरीदी गयी थी। उन्होंने सोचा कि यह लड़की पीले अबाबील पक्षी से टँके काले रंग के साटन की पोशाक में कैसी लगेगी?

बाथरूम के दरवाज़े के पीछे लम्बी-लम्बी चुप्पी छा जाती थी और हर बार दारागान को यही लगता कि बातचीत खत्म हो गयी है। पर उन्हें उसका रूखा स्वर सुनाई दे रहा था—'नहीं, मैं तुम्हें वादा करती हूँ...' और यह वाक्य दो-तीन बार दुहराया गया। उन्होंने यह भी सुना—'नहीं, यह सच नहीं है,' और 'तुम्हें जितना लगता है उससे बहुत अधिक आसान है...' शायद जील ओतोलीनी उसे उलाहना दे रहा था या फिर अपनी चिंता व्यक्त कर रहा था। और वह उसको ढाँढस बँधा रही थी।

बातचीत लम्बी खिंच रही थी और दारागान की इच्छा हुई कि चुपचाप वहाँ से खिसक लें। जवानी के दिनों में वह कोई भी ऐसा-वैसा बहाना बनाकर लोगों को छोड़ कर चल देते थे। मज़े की बात है कि इसका कारण बहुत साफ़ नहीं था—लोगों से कटकर खुली हवा में साँस लेने की इच्छा? पर आज बिना हाथ-पाँव मारे धारा के साथ बहते जाने की उन्हें ज़रूरत महसूस हो रही थी। उन्होंने आसमानी रंग के गत्ते से बने फ़ोल्डर से वह फ़ोटो निकाली जिस पर अभी-अभी उनकी नज़र गई थी। एकबारगी देखकर यही लगता था कि किसी पासपोर्ट फ़ोटो का विस्तार किया गया है। कोई सात साल का बच्चा जिसके छोटे बाल पचास के दशक के शुरुआती दौर की तरह सँवारे हुए, पर ऐसा आज का बच्चा भी हो सकता था। हम उस युग में जी रहे थे जब परसों, कल और आज के फ़ैशन गड्डु-मड्डु हो गए थे और शायद आज फिर से बच्चों का हेयर-स्टाइल पहले जैसा हो गया है। ज़रूरी है कि वह फ़ोटो को रोशनी में देखें और जल्दी से सड़क पर जा रहे बच्चों का हेयर स्टाइल देखें।

हाथ में मोबाइल लिए वह बाथरूम से निकली।

'माफ़ कीजिएगा...यह बातचीत ज़्यादा देर तक चली, पर मैंने उसका हौसला बढ़ाया। कभी-कभी जील बिलकुल निराश हो जाता है।'

वह बिस्तर के सिरे पर उनके बगल में बैठ गयी।

'तो यही कारण है कि आपको उसकी मदद करनी होगी। उसकी इच्छा है कि आप याद कीजिए कि यह तौर्संतेल कौन था...आपको रत्ती भर भी ध्यान नहीं?'

फिर से वही पूछताछ। कितनी रात तक यह सब चलेगा? वह अब इस कमरे से नहीं निकल पाएँगे। कहीं उसने दरवाज़े पर ताला तो नहीं लगा दिया।

पर वह बहुत शांतचित्त थे, हाँ थोड़े थके हुए ज़रूर थे जैसा कि अक्सर दोपहर ढलते होता है। और एकदम से बिस्तर पर लेट जाने की उन्होंने अनुमति ली।

एक नाम उनकी जुबान पर चढ़ रहा था और वह इससे छुटकारा नहीं पा रहे थे। ल त्रांबले। दक्षिण-पूर्व उपनगरीय क्षेत्र का एक रेसकोर्स जहाँ पतझड़ के मौसम में एक रविवार को शांताल और पोल उन्हें ले गए थे। स्टैंड में पोल ने अपने और शांताल से अधिक उम्र के एक आदमी से कुछ बातचीत की थी और उसे याद दिलाया था कि कभी-कभी फ़ोर्ज़-लेज़-ओ के कसीनो में उनकी मुलाकात होती थी और वह भी रेसकोर्स के चक्कर लगाया करता था। वह आदमी उन्हें अपनी कार में पेरिस छोड़ने को तैयार था। उन दिनों सचमुच पतझड़ का मौसम चल रहा था, न कि आज की तरह उमस वाली गर्मी। एक तो इस कमरे में इतनी गर्मी और उन्हें मालूम भी नहीं था कि कब यहाँ से निकल पाएँगे...उसने आसमानी रंग के गत्ते वाले फ़ोल्डर को बंद कर दिया और उसे अपनी गोद में रख लिया था।

'ज़रूरी है कि हम आपके लिए फ़ोटोकॉपी कराने के लिए निकलें...पास में ही है...'

वह अपनी घड़ी देख रही थी।

'दूकान सात बजे बंद हो जाती है...हमारे पास वक्त है...'

बाद में वह उस पतझड़ के मौसम का साल याद कर रहे थे। त्रांबले से वे लोग मार्न आए थे और शाम ढलते वैंसोन वन से गुज़रे थे। दारागान उस आदमी के बगल में बैठे थे जो कार चला रहा था, बाकी दोनों पीछे थे। जब पोल ने उनका परिचय दिया था—जाँ दारागान—तो वह आदमी अचंभित हुआ था।

वे लोग इधर-उधर की बातें कर रहे थे, पिछले रेस से त्रांबले तक। उस व्यक्ति ने कहा था—'आपका नाम दारागान है ? मेरा ख़याल है कि मैं बहुत पहले आपके माता-पिता से मिल चुका हूँ...'

यह शब्द 'माता-पिता' सुनकर उन्हें आश्चर्य हुआ। उन्हें ऐसा लगता था कि उनके माता-पिता कभी थे ही नहीं।

'कोई पन्द्रह साल पुरानी बात है...पेरिस के पास एक घर में...मुझे एक बच्चे की याद है...'

वह व्यक्ति उनकी तरफ़ मुड़ा था।

'वह बच्चा, यदि मैं गलत नहीं तो आप थे...'

दारागान को डर था कि वह उनकी ज़िन्दगी के उस दौर के बारे में न पूछ बैठे, जिसका उन्हें कभी ख़याल नहीं आता। और फिर, उनके पास कुछ खास कहने-सुनने के लिए नहीं है। पर वह व्यक्ति चुप था। कुछ देर बाद उस व्यक्ति ने उनसे पूछा :

'मुझे याद नहीं कि पेरिस के पास वह कौन-सी जगह थी...'

'मुझे भी याद नहीं।' फिर इस तरह से रूखे स्वर में जवाब देने का उन्हें अफ़सोस हुआ था।

हाँ, आज नहीं तो कल उन्हें पतझड़ के मौसम की ठीक-ठीक तारीख की याद आ ही जाएगी। पर उस समय तो वह बस बिस्तर के सिरे पर बैठे थे, शांताल के करीब और उन्हें लगा जैसे वह ऊँघते-ऊँघते एकदम से जग गये हों। वह बातचीत के सिलसिले को जारी रखना चाहते थे।

'क्या आप अक्सर यह पोशाक पहनती हैं?'

उन्होंने अबाबील पक्षी वाली पोशाक की तरफ़ इशारा किया।

'यह पोशाक मुझे यहीं पड़ी मिली थी जब मैंने यह कमरा किराये पर लिया था। निश्चित रूप से यह पोशाक उसकी है, जो यहाँ पहले रहती थी।

'या शायद आपकी, किसी पिछले जन्म में।'

उसकी त्योरी चढ़ गयी और उसने उन्हें संदेह की नज़र से देखा। उसने उन्हें कहा—'चलिए फ़ोटोकॉपी कराने निकलते हैं।'

वह उठी थी और दारागान को ऐसा लगा कि वह जल्दी से जल्दी कमरे से निकलना चाहती थी। उसे किस बात का डर था? शायद उन्हें उस पोशाक की चर्चा नहीं करनी चाहिए थी।

घर लौटने पर उन्होंने सोचा कहीं उन्होंने सपना तो नहीं देखा। बेशक उमस या गर्मी की वजह से ऐसा लगा था।

वह उन्हें बुलवार वोलतैर की एक स्टेशनरी की दूकान में ले गयी जिसमें अंदर जाकर एक फ़ोटोकॉपी मशीन थी। टंकित पन्नों की मोटाई उस कागज़ जितनी थी जिसका इस्तेमाल कभी हवाई जहाज़ से भेजने वाले पत्र के लिए होता था।

वे दूकान से बाहर निकल चुके थे और उन्होंने बुलवार की ओर कुछ कदम बढ़ा लिये थे। ऐसा लगता था कि वह दोबारा उन्हें छोड़ना नहीं चाहती थी। शायद उसे डर था कि एक बार बिछुड़कर वह उन्हें फिर अपनी ज़िन्दगी का कोई संकेत नहीं देंगे और जील ओतोलीनी कभी उस रहस्यमयी तौर्सतेल के बारे में नहीं जान पाएगा। पर अपने फ़्लैट में अकेले लौटने की बात उन्हें इतनी खल रही थी कि वह भी उसके साथ रहना चाहते थे।

'यदि आप इस शाम कागज़ात पढ़ें तो शायद आपकी याद ताज़ा हो जाये...' और उसने उस नारंगी रंग के गत्ते के फ़ोल्डर की तरफ़ इशारा किया जो उनके हाथ में था और जिसमें फ़ोटोकॉपी थी। उसने इस बात पर ज़ोर दिया कि उस बच्चे के फ़ोटो की भी एक कॉपी की जाये। 'आज की रात आप मुझे कभी भी फ़ोन कर सकते हैं...जील कल दोपहर से पहले नहीं आएगा...मुझे जानने की बहुत इच्छा है कि आप इस मामले के बारे में क्या सोचते हैं...'

फिर शांताल ग्रीपे के नाम के साथ 118, शारोन मार्ग का पता और मोबाइल नम्बर सहित उसने अपना मुलाकाती कार्ड अपने पर्स से निकाला।

'अब मुझे लौटना होगा...जील मुझे फ़ोन करने वाला है और मैं मोबाइल लाना भूल गई हूँ...'

दोनों पीछे मुड़े और शारोन मार्ग की दिशा में चल पड़े। दोनों में से कोई भी बोल नहीं रहा था। उन्हें बोलने की आवश्यकता नहीं थी। उसे साथ-साथ चलना सहज लग रहा था और दारागान को विचार आया कि यदि वह उसका हाथ पकड़ लें तो वह उन्हें ऐसा करने देगी जैसे वे एक-दूसरे को बहुत समय से जानते हों। शारोन मेट्रो स्टेशन की सीढ़ियों तक आकर उनके रास्ते अलग-अलग हो गए।

अभी वह अपने अध्ययन कक्ष में 'कागज़ात' को उलट-पलट रहे थे। पर उन्हें एकदम से पढ़ने की इच्छा नहीं थी।

अव्वल तो ये पन्ने बिना एक पंक्ति का अंतराल दिए टंकित किए गए थे और दूसरे एक के ऊपर एक चढ़े हुए अक्षरों के अम्बार को देखकर शुरुआत में ही उनका हौसला पस्त हो रहा था। आखिरकार, उन्हें ध्यान आ ही गया कि यह तौर्सतेल कौन है। वह पतझड़ के मौसम में उस रविवार को सभी को अपने-अपने आवास पर छोड़ना चाहता था। पर शांताल और पोल मोंपारनास स्टेशन पर उतर गए थे। वहाँ से उनके घर तक मेट्रो से सीधा रास्ता था। दारागान कार में ही बैठे रहे, क्योंकि उस आदमी ने उन्हें कहा कि ग्रेज़ीव्होदाँ स्क्वेयर जहाँ उनका कमरा है, उसके पास ही वह भी रहता है।

रास्ते में काफ़ी देर तक चुप्पी छाई रही। आखिरकार उस आदमी ने कहा—

'पेरिस के पास उस घर में दो-तीन बार ज़रूर मेरा जाना हुआ था...आपकी माँ ही मुझे वहाँ ले गई थी...'

दारागान ने कोई जवाब नहीं दिया। सच तो यह है कि वह अपनी ज़िन्दगी के सुदूर अतीत के बारे में सोचने से कन्नी काटते थे। और उनकी माँ, उन्हें तो यह भी मालूम नहीं कि वह ज़िन्दा भी है या नहीं।

ग्रेज़ीव्होदाँ स्क्वेयर की ऊँचाई पर आकर उस व्यक्ति ने अपनी कार रोक ली थी।

'अपनी माँ से मेरा नमस्कार बोलिएगा...एक ज़माना हुआ हमें मिले हुए...और दोस्तों के साथ हमारा एक क्लब हुआ करता था...कृज़ालिस क्लब...इसे रख लीजिए अगर वह मुझसे मिलना चाहें...'

वह उन्हें एक विज़िटिंग कार्ड पकड़ा रहा था जिस पर लिखा था—'गी

तौर्संतेल' और जहाँ तक उन्हें याद है—एक व्यावसायिक पता—पाले रोयाल में किताबों की दूकान। टेलीफ़ोन का नम्बर भी। फिर ऐसा हुआ कि वह विज़िटिंग कार्ड कहीं खो गया। पर उन्होंने नाम और फ़ोन नम्बर की अपनी पुरानी नोटबुक में नकल कर ली थी—भला क्यों?

वह अपनी मेज़ के सामने बैठे थे। उन कागज़ात के पन्नों के नीचे *Le Noir de L'ètè*, उनके उपन्यास की पृष्ठ संख्या 47 की एक फ़ोटोकॉपी रखी मिली जिसमें शायद उस तौर्संतेल का ज़िक्र था। बेशक नाम जील ओतोलीनी के द्वारा रेखांकित किया गया था। उन्होंने पढ़ा—

'गालरी द बोजोल में किताबों की एक दूकान थी जिसकी खिड़की पर कला की किताबें सजाकर रखी गयी थीं। उसने प्रवेश किया। काले बालों वाली एक औरत मेज़ के सामने बैठी थी।
'मैं मिस्टर मोरिहियें से बात करना चाहता हूँ।'
'मिस्टर मोरिहियें नहीं हैं,' उसने बताया। 'पर क्या आप मिस्टर तौर्संतेल से बात करना चाहेंगे?'

बस इतना ही। कुछ खास नहीं। केवल पृष्ठ संख्या 47 पर उपन्यास में उसका नाम आता था। तो उस रात उनमें इतनी हिम्मत नहीं थी कि बिना एक पंक्ति का अंतराल देकर टंकित पन्नों के कागज़ात में 'तौर्संतेल' को खोज निकालें। जैसे समुद्र से मोती निकालना हो।

उन्हें याद था कि गुम हो गए विज़िटिंग कार्ड पर पाले रोयाल में स्थित किताबों की एक दूकान का पता था। और शायद वह फ़ोन नम्बर किताबों की दूकान का था। पर पैंतालीस सालों से भी अधिक समय बाद मिलीं ये मामूली जानकारियाँ उस आदमी का पता लगाने के लिए काफ़ी नहीं थीं जो बस एक नाम बनकर रह गया था।

वह सोफ़े पर लेट गए और आँखें बंद कर लीं। उन्होंने अपनी याददाश्त आज़माने का फ़ैसला कर लिया था, बस एक लम्हे की बात है, वह कालचक्र को पीछे घुमाएँगे। उपन्यास, *Le Noir de L'ètè*, उन्होंने पतझड़ के मौसम में आरम्भ किया था, उसी पतझड़ के मौसम में जब वह किसी रविवार त्राँबले

गये थे। उन्हें याद आया कि ग्रेज़ीव्होदाँ स्क्वेयर के कमरे में बैठकर उन्होंने उस रविवार की शाम को उस किताब का पहला पन्ना लिखा था। कुछ घंटे पहले जब तौर्सतेल की कार मार्न नदी के किनारे से होते हुए वैंसोन वन से गुज़री थी, उन्हें सचमुच पतझड़ के मौसम का प्रभाव महसूस हुआ था—कुहासा, भीगी मिट्टी की गंध, टूटे पत्तों से भरे बगीचे के रास्ते। उस समय के बाद 'त्राँबले' शब्द उनके लिए हमेशा उस पतझड़ के मौसम से जुड़ा रहेगा।

और तौर्सतेल का नाम भी, जिसे उन्होंने कभी उपन्यास में इस्तेमाल किया था। महज़ ध्वनि की वजह से। तो तौर्सतेल का उनके लिए यही महत्त्व था। मामले की और तह में जाने की आवश्यकता नहीं थी। वह बस इतना ही कह सकते थे। बेशक जील ओतोलीनी निराश होगा। तो हुआ करे। वैसे भी इस मामले पर रोशनी डालने के लिए उन्होंने कोई ठेका नहीं ले रखा था। इस मामले से उनका कोई लेना-देना नहीं था।

रात के लगभग 11 बजे। उस वक्त जब वह अकेले अपने कमरे में होते, अक्सर एक तरह की 'रिक्तता' महसूस करते। सो, वह देर रात तक पड़ोस में खुले रहने वाले कैफ़े में चले जाते। तेज़ रोशनी, चहल-पहल, आवाजाही, बातचीत जिसमें भाग लेने का उन्हें भ्रम होता, इन सबसे एक पल में वह अपनी रिक्तता पर काबू पा लेते। पर कुछ दिनों से उन्हें इस जुगत की ज़रूरत नहीं रही थी। अपने अध्ययन कक्ष की खिड़की से बगल के मकान के प्रांगण में लगे उस पेड़ को निहारना काफ़ी होता था जिस पर पत्ते अन्य पेड़ों के मुकाबले ज़्यादा लम्बे समय तक रहते थे, नवम्बर तक। उन्हें बताया गया था कि यह हानबीन या ऐस्पन का पेड़ है। उन्हें ठीक-ठीक याद नहीं। उन्हें अफ़सोस था कि विगत वर्षों में उन्होंने पेड़ों और फूलों पर उतना ध्यान नहीं दिया। वह तो अब सिर्फ़ ब्यूफ़ों का *Histoire naturelle* पढ़ते रहे थे। उन्हें एक फ्रेंच महिला दार्शनिक के संस्मरण का एक अंश याद आता है। युद्ध के दिनों में एक महिला ने जो कुछ कहा उससे वह आहत हुई थी—'सच तो यह है कि जो मेरा संबंध घास के तिनके से है, उस पर युद्ध का कोई असर नहीं हुआ।' बेशक उस दार्शनिक को लग रहा था कि वह महिला ओछी और बेपरवाह है। पर दारागान के लिए तो इस वाक्य का दूसरा अर्थ था—प्रलय या नैतिक संकट के दौर में अपना संतुलन बनाये रखने और अपने को जहाज़ से बाहर पानी में गिरने से बचाने के लिए

एक स्थिर बिंदु की आवश्यकता होती है। आपकी नज़र एक तिनका, एक पेड़, फूल की पंखुड़ियों पर टिकती है, जैसे पानी में आप रबड़ रिंग पर अपनी पकड़ मज़बूत करते हैं। उनकी खिड़की के शीशे के पीछे का वह हानबीन या ऐस्पन का पेड़ उन्हें ढाँढ़स बँधाता था। और 11 बजे रात में भी उसकी शांत उपस्थिति उन्हें सांत्वना देती थी। इतनी कि निश्चिंत होकर वह टंकित पन्नों को पढ़ सकें। यह तो उन्हें मानना ही पड़ेगा कि जील ओतोलीनी की आवाज़ और कद-काठी से उन्हें पहली नज़र में वह ब्लैकमेलर ही लगा था। अपने इस पूर्वाग्रह पर वह काबू पाना चाहते थे। पर क्या ऐसा कर पाए?

उन्होंने पेपर क्लिप को हटाया जिससे वे सारे पन्ने नत्थी किए गए थे। फ़ोटोकॉपी का कागज़ वैसा नहीं था जैसा मूल का था। उन्हें याद आया कि जो पन्ने शांताल ग्रीपे फ़ोटोकॉपी कर रही थी, कितने पतले और पारदर्शी थे। उन पन्नों को देखकर उन्हें 'हवाई जहाज़' से भेजे जाने वाले पत्रों का ध्यान आया था। पर यह बात पक्के तौर पर नहीं कही जा सकती। वे पन्ने उतने ही पारदर्शी थे जितने पुलिस के द्वारा पूछताछ में इस्तेमाल किये जाने वाले कागज़। फिर शांताल ने कहा भी तो था : 'जील पुलिस से कुछ सूचना हासिल कर सका है...'

पढ़ने से पहले एक बार उन्होंने सामने के पेड़ के पत्तों पर आखिरी नज़र डाली।

अक्षर छोटे थे, जैसे किसी ऐसी हल्की टाइपिंग मशीन पर टाइप किया गया हो, जो आजकल नहीं दीखती। दारागान को ऐसा महसूस हो रहा था जैसे उन्होंने किसी दलदल में छलाँग लगायी हो। कभी-कभी वह एकाध पंक्ति को छोड़कर पढ़ते तो फिर तर्जनी के सहारे उन्हें वापस आना पड़ता। किसी कोलेत लोरों की हत्या से सम्बन्धित यह रपट सुसंगत नहीं थी, बल्कि कुछ संक्षिप्त नोट थे जो एक सिरे से दूसरे सिरे तक बेहद उल्टे-सीधे लिखे हुए थे।

नोट्स में उसकी जीवन-यात्रा का ब्यौरा था। बहुत कम उम्र में किसी प्रान्त से पेरिस में आगमन। पाँतिये मार्ग के एक नाइट क्लब में नौकरी। ओदेयों के एक होटल में कमरा। एकोल दे बोज़ार, ललित कला स्कूल के विद्यार्थियों के साथ उसका उठना-बैठना होता है। पूछताछ किए गए लोगों की और उनकी सूची जिन लोगों से नाइट क्लब में उसकी जान-पहचान रही होगी और एकोल दे बोज़ार के विद्यार्थियों की सूची। पेरिस शहर के पन्द्रहवें आरौंदिसमाँ के एक

होटल में शव का मिलना। होटल के मालिक से पूछताछ।

तो क्या यही खबर थी जिसमें ओतोलीनी की दिलचस्पी थी ? वह पढ़ते-पढ़ते रुक गए। कोलेत लोरों। मामूली-से लगने वाले इस नाम की गूँज उन्हें सुनाई दे रही थी पर इतनी दबी हुई कि स्पष्ट नहीं थी। 1951, ऐसा लग रहा था जैसे उन्होंने यह साल कहीं लिखा हुआ देखा है। पर उनमें इतनी हिम्मत नहीं थी कि एक-दूसरे से उलझे शब्दों में उस तारीख के बारे में पता लगा सकें, क्योंकि उन्हें देखकर जैसे उनका दम घुटता था।

1951 से लेकर अभी तक आधी सदी से भी ज्यादा गुज़र चुकी थी और उस वाकये के गवाह ही नहीं, हत्यारा भी ज़िन्दा नहीं था। जील ओतोलीनी ने यह छानबीन बहुत देर से शुरू की थी। इस दखलअंदाज़ी की भूख नहीं मिटने वाली थी। उसके प्रति इतना भद्दा विशेषण प्रयोग करने पर उन्हें अफ़सोस हुआ। कुछ और पन्ने पढ़ना बाकी था। 'फ़ाइल' खोलने पर वह जैसी आशंका और घबराहट से ग्रस्त हुए थे, उससे उबर नहीं पाए थे।

एक पल के लिए उन्होंने हानबीन के पेड़ के पत्तों को निहारा जो शनै:-शनै: हिल रहे थे, जैसे पेड़ नींद में साँस ले रहा हो। हाँ, वह पेड़ उनका मित्र था और उन्हें एक कविता-संग्रह का शीर्षक याद आया जिसे आठ साल की उम्र में एक लड़की ने प्रकाशित किया था—*Arbre, mon ami*। उन्हें उस लड़की से ईर्ष्या थी, क्योंकि वह भी उसी की उम्र के थे और वह भी उस ज़माने में कविताएँ लिखते थे। यह किस साल की बात है ? उनके बचपन का साल, 1951 के आस-पास, जिसके दौरान कोलेत लोरों की हत्या हुई थी।

फिर से, बिना किसी अंतराल की टंकित पंक्तियों के शब्द उनकी आँखों के सामने नाचने लगे। कहीं भूल न जाएँ कि वह कहाँ पढ़ रहे थे, वह अपनी तर्जनी रख देते थे। आखिर में, गी तौर्सतेल का नाम। वह तीन लोगों के नाम से जुड़ा हुआ था। यह जानकर उन्हें आश्चर्य हुआ कि उनमें उनकी माँ का भी नाम था। अन्य दो नाम थे—बॉब ब्यून्याँ और जाक परैं-द-लारा। उनके बारे में एक धुँधली-सी स्मृति है और यह उस गुज़रे ज़माने की बात है जब उनकी उम्र की लड़की ने *Arbre, mon ami* प्रकाशित किया था। खिलाड़ी की कद-काठी का पहला व्यक्ति, ब्यून्याँ, मटमैले रंग के कपड़े पहने था, शायद काले बालों वाला। दूसरा, रोमन मूर्तियों की तरह बड़े सिर वाला व्यक्ति जो बात करते समय

चिमनी के ऊपर संगमरमर की पटिया पर कोहनी रखकर इनायत से खड़ा होता था। बचपन की स्मृतियाँ अनस्तित्व से निकले हुए छोटे-मोटे वृत्तान्त की तरह होती हैं। ओतोलीनी का ध्यान इन नामों पर गया था और क्या उसने उनका सम्बन्ध दारागान से जोड़ा था? नहीं, बिलकुल नहीं। अव्वल तो उनकी माँ का उपनाम वही नहीं था जो उनका था। अन्य दो, ब्यून्याँ और परैं-द-लारा वक़्त की धुँध में कहीं गुम हो गए थे और ओतोलीनी इतनी कम उम्र के थे कि उन्हें कुछ बोध नहीं था।

जैसे-जैसे वह पढ़ते जा रहे थे, उन्हें ऐसा एहसास हो रहा था मानो यह 'फ़ाइल' एक ऐसी पोटली है जिसमें दो अलग-अलग सालों में अंजाम दी हुई तहकीकात की कतरनें आपस में गड्डु-मड्डु हो गयी हैं। दूसरा साल 1952 का था। कोलेत लोरों की हत्या से सम्बन्धित 1951 के नोट्स और आखिरी दो पन्नों के नोट्स, उन्हें लगा कि एक पतली तार से जुड़े हैं—'कोलेत लोरों' का 'सैं-ल-ला-फौरे के एक घर' में आना-जाना था, जहाँ 'कोई आनी आस्त्राँ' रहती थी। संभवतः इस घर पर पुलिस निगरानी रख रही थी, पर किस कारण से? उल्लिखित नामों में तौर्सतेल, उसकी माँ, ब्यून्याँ और परैं-द-लारा। उनके लिए अन्य दो नाम अनजाने नहीं थे। रोजे वैंसों और खास तौर से औरत जो सैं-ल-ला-फौरे के घर में रहती थी, 'कोई आनी आस्त्राँ'।

उन्होंने अस्त-व्यस्त पड़े नोटों को सुव्यवस्थित कर दिया होता, पर यह उनके बस की बात नहीं थी। और फिर रात के इस पहर, अजीबोगरीब ख़याल आते हैं। जब सारे नोट फ़ाइल में एकत्रित कर लिए गए, तो जील ओतोलीनी के दिमाग में जो लक्ष्य था, वह एक पुराना वाकया नहीं था बल्कि खुद दारागान थे। बेशक ओतोलीनी को वह बिन्दु नहीं हाथ लगा था जहाँ से वह निशाना साध सके, रास्ता टटोल रहा था, इधर-उधर भटक रहा था, वह मामले की तह तक जाने में सक्षम नहीं था। वह दारागान के इर्द-गिर्द चक्कर काट रहा था ताकि कोई सुराग मिल जाय। कहीं ऐसा तो नहीं कि उसने ये सारी उल्टी-सीधी जानकारियाँ इस आशा में इकट्ठी कीं कि दारागान उनमें से किसी एक पर अपनी प्रतिक्रिया ज़ाहिर करेंगे। ठीक पुलिस वालों की तरह जो पूछताछ की शुरुआत इधर-उधर की बातों से करते हैं ताकि संदिग्ध व्यक्ति सचेत न हो जाय। एक बार वह असावधान हुआ नहीं कि उस पर वे असली सवाल दाग देते हैं।

फिर से उनकी नज़रें शीशे के पीछे हानबीन पेड़ के पत्तों पर टिक गई थीं और ऐसे ख़यालात पर उन्हें शर्मिंदगी हुई। वह आपा खो रहे थे। जो थोड़े-बहुत पन्ने उन्होंने अभी-अभी पढ़े थे, एक फूहड़ कच्चे काम से ज़्यादा कुछ नहीं था, सूचना का अम्बार जिसमें मूलभूत तत्व गौण हो जाता था। एक ही नाम से वह परेशान थे, जिसने उनका ध्यान खींचा था। आनी आस्त्राँ। पर बिना किसी अंतराल के लिखी पंक्तियों में एक के ऊपर एक ये शब्द मुश्किल से ही पढ़े जा रहे थे। आनी आस्त्राँ। कहीं दूर से और देर से आती हुई आवाज़ का रेडियो तक पहुँचना, जिसे सुनकर लगता है कि वह आपको संदेश देने के लिए आपसे मुख़ातिब है। एक दिन किसी ने उन्हें दृढ़तापूर्वक कहा था कि आप बहुत जल्दी ही उनकी आवाज़ भूल जाते हैं जिनके करीब आप कभी थे। हालाँकि यदि आज उन्हें सड़क पर पीछे से आनी आस्त्राँ की आवाज़ सुनाई दे, उन्हें पूरा विश्वास था कि वह पहचान लेते।

जब वह फिर से ओतोलीनी के साथ होंगे, वह कोशिश करेंगे कि उसका ध्यान इस नाम, आनी आस्त्राँ, पर न जाय, पर वह निश्चित नहीं थे कि उससे मुलाकात होगी। यदि ज़रूरत होगी तो वह गी तौर्सतेल के बारे में संक्षेप में छोटी-मोटी जानकारियाँ देंगे। एक आदमी जो पाले रोयाल के बगीचे के किनारे गालरी द बोजोल में किताबों की दूकान सँभालता था। यह सही है कि ल त्राँबले में पतझड़ के मौसम में एक रविवार शाम को, आज से पचास साल पहले एक बार उससे मिले थे। थोड़ा और भलमनसाहत से पेश आएँ तो वह दो अन्य लोगों- ब्यूनाँ और परैं-द-लारा के बारे में कुछ और जानकारी दे सकते हैं। गी तौर्सतेल जैसे कुछ लोग उनकी माँ के दोस्त रहे होंगे। जिस साल वह *Arbre, mon ami* की कविताएँ पढ़ रहे थे और अपनी उम्र की उस लेखिका से ईर्ष्या कर रहे थे, ब्यूनाँ और परैं-द-लारा—और शायद तौर्सतेल भी किसी धर्मग्रन्थ की तरह एक किताब हमेशा जेब में लेकर चलते थे जिससे उन्हें बहुत लगाव था। उन्हें उसका शीर्षक याद था—*Fabrizio Lupo*। एक दिन परैं-द-लारा ने उन्हें गंभीर मुद्रा में कहा था—'तुम भी जब बड़े हो जाओगे तो *Fabrizio Lupo* पढ़ोगे।' एक ऐसा वाक्य जो सुरीलेपन के कारण आपकी ज़िन्दगी के अंतिम दिनों तक रहस्यमय बना रहेगा। बाद में, उन्होंने किताब खोजी थी, पर दुर्भाग्यवश उसकी एक भी प्रति नहीं मिली, वह *Fabrizio Lupo* फिर कभी नहीं पढ़ पाए। ऐसी

छोटी-मोटी बातें याद करने की ज़रूरत नहीं होती। सबसे ज़्यादा संभावना थी कि वह जील ओतोलीनी से किसी-न-किसी तरह छुटकारा पा लेंगे। टेलीफ़ोन की घंटी, जिसका जवाब नहीं देंगे। पत्र जिनमें कुछ पंजीकृत होंगे। सबसे बड़ा संकट तो तब होगा जब ओतोलीनी बिल्डिंग के सामने खड़ा होगा और चूँकि उसे दरवाज़े का कोड नहीं पता है, वह इंतज़ार करेगा कि कोई मुख्य द्वार खोले और वह उसके साथ हो ले। वह उनके दरवाज़े की घंटी बजाएगा। इस दरवाज़े की घंटी की तार भी हटानी होगी। जब-जब वह अपने आवास से बाहर निकलेंगे, जील ओतोलीनी से वह टकराएँगे, वह उन्हें टोकेगा और सड़क पर पीछा करेगा। फिर उनके पास इसके अलावा कोई रास्ता नहीं होगा कि वह निकटतम पुलिस थाने में जाकर शरण लें। पर पुलिस उनके वृत्तान्त को गंभीरता से नहीं लेगी।

रात का एक बजा होगा और वह सोच रहे थे कि इस वक्त खामोशी और अकेलेपन में चिंता करना बेकार है। धीरे-धीरे वह शांतचित्त हो गए, बल्कि वह यह सोचकर हँस-हँसकर पागल हुए जा रहे थे कि ओतोलीनी का पतला चेहरा उन लोगों की तरह है जिन्हें सामने से भी देखें तो लगता है कि बगल से देख रहे हैं।

उनकी मेज़ पर टंकित पन्ने बिखरे पड़े थे। उन्होंने एक पेंसिल ली जिसके एक सिरे पर लाल और दूसरे पर नीला सिक्का था और जिसका इस्तेमाल वह पांडुलिपियों को सुधारने में करते थे। एक-एक करके उन्होंने नीली पेंसिल से लम्बी-लम्बी लाइनें खींचकर पन्ने काट दिये और आनी आस्त्राँ के नाम पर लाल रंग से गोला कर दिया।

रात के दो बजे टेलीफ़ोन की घंटी बजी। वह सोफ़े पर सोये हुए थे।
'हैलो...दारागान साहब ? मैं शांताल ग्रीपे बोल रही हूँ...'

वह एक पल के लिए हिचकिचाए। उन्होंने अभी-अभी एक सपना देखा था, जिसमें उन्होंने आनी आस्त्राँ का चेहरा देखा और पिछले तीस सालों में ऐसा कभी नहीं हुआ था।

'आपने फ़ोटोकॉपी पढ़ ली ?'

'हाँ।'

'बेवक़्त आपको टेलीफ़ोन करने के लिए माफ़ी चाहती हूँ...पर मैं आपकी राय जानने के लिए इतनी बेकरार हो रही थी...मेरी आवाज़ आप तक पहुँच रही है ?'

'हाँ।'

'जील के आने से पहले हमारा मिलना ज़रूरी है ? क्या मैं आपके यहाँ आ सकती हूँ ?'

'अभी ?'

'हाँ। अभी।'

उन्होंने उसे पता, दरवाज़े का कोड और मंज़िल बतायी। कहीं वह अभी भी सपना तो नहीं देख रहे थे ? अभी-अभी आनी आस्त्राँ का चेहरा उन्हें नज़दीक लगा था...। वह अपनी गाड़ी के स्टीयरिंग व्हील पर सैं-ल-ला-फ़ौरे के घर के सामने बैठी थी, वह उसके बगल की सीट पर बैठे थे और वह उससे कुछ कह रही थी, पर उन्हें आवाज़ सुनाई नहीं दे रही थी।

उनकी मेज़ पर बेतरतीब रखी हुई फ़ोटोकॉपी। वह भूल गए थे कि उन्होंने पन्नों पर नीले रंग से काट-छांट कर दी है। और आनी आस्त्राँ का नाम लाल

रंग से घिरे होने के कारण उस पर एकदम से नज़र टिकती थी...कोशिश करनी होगी कि जील ओतोलीनी का ध्यान उस पर न जाय। लाल रंग से घिरे होने के कारण उसे कुछ संकेत मिलेगा। पन्ने पलटते-पलटते कहीं किसी पुलिस वाले का उस पर ध्यान गया तो पूछ बैठता।

'इस नाम को आपने क्यों रेखांकित किया है?'

उन्होंने हानबीन पर एक नज़र डाली। उसके स्थिर पत्ते देखकर उनका ढाँढ़स बँधा। वह पेड़ एक प्रहरी था, एकमात्र व्यक्ति जो उनकी रखवाली करता था। सड़क की तरफ़ खुलने वाली खिड़की पर लगकर वह खड़े हो गए। उस वक़्त कोई भी कार नहीं गुज़र रही थी और स्ट्रीट लाइट बेकार जल रही थी। उन्होंने शांताल ग्रीपे को देखा जो सामने के फुटपाथ पर पैदल चल रही थी और लगता था कि एक नज़र बिल्डिंग के नम्बर देख रही थी। उसके हाथ में प्लास्टिक की एक थैली थी। उन्होंने सोचा कहीं ऐसा तो नहीं कि वह शारोन मार्ग से यहाँ तक पैदल आ रही हो। मुख्य द्वार के धड़ाम से बंद होने की आवाज़ सुनाई दी और फिर सीढ़ियों पर उसके पाँवों की आहट, धीमे-धीमे पाँव पड़ रहे थे मानो वह ऊपर आने में संकोच कर रही हो। उसके घंटी बजाने से पहले ही, उन्होंने दरवाज़ा खोल दिया, जिससे वह चौंक गयी। वह उस समय भी काली कमीज़-पतलून पहने थी। उन्हें वह ऐसे ही संकोची लग रही थी, जैसे उस दिन पहली बार आरकाद मार्ग के कैफ़े में।

'मैं आपको बेवक़्त परेशान नहीं करना चाहती थी...'

वह दरवाज़े की दहलीज़ पर स्थिर खड़ी थी, मानो माफ़ी माँग रही हो। उन्होंने उसे अंदर लाने के लिए उसका हाथ पकड़ा। नहीं तो उन्हें आभास हो रहा था कि वह वापस लौट जाती। उस कमरे में जिसे वह अध्ययन कक्ष कहते थे, उन्होंने सोफ़े की तरफ़ इशारा किया जहाँ वह बैठी थी और उसने प्लास्टिक के थैले को बगल में रख दिया था।

'तो आपने पढ़ा?'

उसने बेचैनी भरी आवाज़ में सवाल किया था। उस मामले को वह क्यों इतनी तरजीह दे रही थी?

'मैंने पढ़ा, पर मैं सचमुच आपके दोस्त के किसी काम नहीं आ सकता। मैं इन लोगों को नहीं जानता।'

'तौर्सतेल को भी नहीं ?'

वह उनकी आँखों में सीधा देख रही थी।

सुबह तक बिना रुके पूछताछ जारी रहेगी। फिर आठ बजे उनके दरवाज़े की घंटी बजेगी। यह जील ओतोलीनी होगा जो लियों से लौटकर उसकी जगह लेगा।

'हाँ, तौर्सतेल को भी नहीं।

'यदि उसे आप जानते नहीं थे, तो उस किताब में वह नाम इस्तेमाल करने का क्या मतलब ?' उसके स्वर में बनावटी मासूमियत थी।

'मैंने टेलीफ़ोन डाइरेक्टरी देखकर यों ही चुन लिया था।'

'तो आप जील की मदद नहीं कर सकते ?'

वह सोफ़े पर उसके बगल में आकर बैठ गए और उसके चेहरे के पास अपना चेहरा ले आये। फिर से उन्होंने उसके बायें गाल पर घाव का निशान देखा।

'वह चाहता है कि आप लिखने में उसकी मदद करें...उसे लगा कि जो भी इन पन्नों में लिखा है उसका आपसे नज़दीक का सम्बन्ध है...'

उस समय उन्हें आभास हुआ कि स्थिति की अदला-बदली हो रही है और हल्का-सा कुछ हुआ नहीं कि वह 'फूट पड़ेगी,' जैसा कि किसी माहौल में उन्होंने यह अभिव्यक्ति सुनी थी। लैम्प की रोशनी में उन्होंने उसकी आँखों की झाइयाँ देखीं और काँपते हुए हाथ देखे। दरवाज़ा खोलते समय उसका चेहरा जितना पीला था, अब उससे भी ज्यादा पीला लग रहा था।

नीली पेंसिल से काट-छाँट किए गए पन्ने उनकी मेज़ पर साफ़-साफ़ दीख रहे थे। पर उसकी नज़र अभी तक उन पर नहीं पड़ी थी।

'जील ने आपकी सारी किताबें पढ़ी हैं और आपसे सम्बन्धित काफ़ी जानकारियाँ इकट्ठी की हैं...'

ये शब्द सुनकर उन्हें थोड़ी घबराहट हुई। दुर्भाग्यवश किसी की नज़र उन पर पड़ गई थी, जो उनका पीछा नहीं छोड़ने वाला था। जिनसे आपकी नज़रें मिलती हैं उनमें से कुछ ऐसे ही होते हैं। ऐसे लोग बिना वजह अचानक आक्रामक हो सकते हैं या फिर आपसे मुखातिब होते हैं और फिर उनसे जान छुड़ाना बहुत मुश्किल होता है। वे हमेशा सड़क पर निगाहें नीची करके चलने की कोशिश करते थे।

'तो स्वीर्त कम्पनी से उसके निकाले जाने की संभावना है...फिर से वह बेरोज़गार होने वाला है...'

उसके बुझे हुए स्वर से दारागान द्रवित हो गए थे। इस थकावट में उन्हें बहुत झुँझलाहट दीख रही थी, बल्कि कुछ तिरस्कार की भावना भी।

'वह सोच रहा था कि आप उसकी मदद करने वाले हैं...उसे लगता है कि वह आपको एक अरसे से जानता है...वह आपके बारे में बहुत-सी बातें जानता है...'

शायद वह और भी कुछ कहना चाहती थी। अब रात उस पहर से गुज़र रही थी जब चेहरे का नकाब उतरता है और राज़ खुलने लगते हैं।

'आप कुछ पीना चाहेंगी ?'

'हाँ, हाँ...कुछ ज़ोरदार...मुझे स्फूर्ति की आवश्यकता है...'

दारागान आश्चर्यचकित थे कि इस उम्र में वह ऐसी अप्रचलित अभिव्यक्ति का प्रयोग कर रही थी। एक ज़माने से उन्होंने 'स्फूर्ति' शब्द नहीं सुना था। शायद आनी आस्त्राँ कभी उसका प्रयोग करती थी। वह हाथ बाँधे खड़ी थी, मानो उनके कम्पन को रोकने की कोशिश कर रही थी।

रसोईघर की अलमारी में उन्हें केवल वोदका की आधी बोतल मिली। उन्होंने सोचा कि भला किसने इसे यहाँ छोड़ा होगा। वह सोफ़े पर बैठी हुई थी, पैर फैले हुए थे, पीठ नारंगी रंग के बड़े कुशन पर टिकी थी।

'माफ़ कीजिएगा, पर कुछ थका हुआ महसूस कर रही हूँ...'

उसने एक घूँट पिया। फिर दूसरा।

'अब जाकर जान में जान आयी है। उबाऊ होती हैं, इस तरह की पार्टियाँ...'

वह दारागान को इस तरह देख रही थी, मानो उन्हें कोई राज़ की बात बताना चाहती हो। प्रश्न पूछने से पहले वह थोड़ा हिचकिचाए।

'कैसी पार्टी ?'

'जहाँ से मैं आ रही हूँ...'

फिर रूखे स्वर में—

'ऐसी पार्टियों...में जाने के लिए मुझे पैसे मिलते हैं...जील की वजह से...उसे पैसों की ज़रूरत है...'

उसने सिर झुका लिया। ऐसा लग रहा था कि उसे अपने कहे पर अफ़सोस

हो रहा था। वह दारागान की ओर मुड़ी जो उसके सामने हरे रंग के मखमली स्टूल पर बैठे हुए थे।

'आपको उसकी मदद नहीं करनी है...मेरी मदद करनी है...'

उसने ऐसे मुस्कान बिखेरी जो देखने में लाचार और फीकी लग रही थी।

'मैं कोई बुरी औरत नहीं हूँ...इसलिए मुझे आपको जील के प्रति सावधान करना है...'

उसने अपना स्थान बदला और सोफ़े के किनारे पर बैठ गयी ताकि उनके सामने उसका चेहरा हो।

'उसने कुछ बातें आपके बारे में मालूम की हैं...पुलिस में काम करने वाले दोस्त के माध्यम से...इसलिए, वह आपसे मिलने की कोशिश कर रहा था...'

कहीं थकावट से तो ऐसा नहीं हो रहा था? दारागान को समझ में नहीं आ रहा था कि वह क्या कह रही है। भला वह कौन-सी 'बात' हो सकती है, जो इस आदमी ने उनके बारे में पुलिस से मालूम की है? देखा जाय तो फ़ाइल के पन्नों से कोई ठोस निष्कर्ष नहीं निकलता। जितने भी नामों का ज़िक्र है, वह उनमें से शायद ही किसी को जानते हैं। बस उनकी माँ, तौसितेल ब्यून्याँ और परें-द-लारा। पर ठीक से कहाँ जानते हैं...उनकी ज़िन्दगी में उनकी इतनी कम भूमिका थी...छोटी-मोटी भूमिका वाले पात्र, जिनका एक ज़माने से कोई अता-पता नहीं था। बेशक आनी आस्त्राँ का वहाँ ज़िक्र था। न के बराबर। उसके नाम पर ध्यान नहीं जाता था, उसका नाम बाकी नामों के बीच दब गया था। फिर एक वर्तनी-सम्बन्धी अशुद्धि भी थी—आस्त्रा।

'आप मेरी चिन्ता मत कीजिए,' दारागान ने कहा। 'मुझे किसी का डर नहीं। और ब्लैकमेलर्स का तो बिलकुल नहीं।'

ऐसे शब्द के प्रयोग से वह अचम्भित दिख रही थी—ब्लैकमेलर, पर यह एक सच था, जिस पर उसका ध्यान नहीं गया था।

'मुझे हमेशा लगा है कि उसने आपकी नोटबुक तो नहीं चुराई थी...'

वह हँस रही थी और दारागान ने सोचा कि वह मज़ाक कर रही है।

'कभी-कभी मुझे जील से डर लगता है...इसलिए मैं उसका साथ देती हूँ...हम एक-दूसरे को एक अरसे से जानते हैं...'

आवाज़ बैठी जा रही थी और उन्हें आशंका थी कि ये राज़ की बातें सुबह

तक चलती रहेंगी। क्या वह ध्यानमग्न होकर पूरी बातें सुन पाएँगे ?

'वह काम के लिए लियों नहीं गया है, बल्कि कसीनो में जुआ खेलने गया है...'

'शारबोनियेर के कसीनो में ?'

उनके मुँह से यह एकाएक निकल गया और वह 'शारबोनियेर' शब्द पर अचम्भित थे। क्योंकि इसे वह भूल चुके थे और अब यह बीते दिनों से उभर आया था। पोल और दूसरे लोग जब शारबोनियेर के कसीनो में जुआ खेलने जाते थे, वे लोग शुक्रवार को दोपहर होते ही निकल जाते और सोमवार को पेरिस लौटते। इस तरह से वह शांताल के साथ तीन दिन ग्रेज़ीव्होदाँ स्क्वेयर के कमरे में गुज़ारते थे।

'हाँ, वह शारबोनियेर के कसीनो गया है। वहाँ वह एक जुए की मेज़ को चलाने वाले को जानता है...वह शारबोनियेर के कसीनो से हमेशा कुछ ज़्यादा ही पैसे लेकर लौटता है।'

'और आप उसके साथ नहीं जातीं ?'

'कभी नहीं। बस शुरुआत में जब हमारी जान-पहचान हुई थी...मैं गाययों सर्कल पर उसका इंतज़ार करती थी...वहाँ औरतों के लिए एक वेटिंग रूम बना हुआ था...'

कहीं दारागान ने गलत तो नहीं समझा ? 'गाययों'—'शारबोनियेर' की तरह एक नाम था जिसके बारे में वह कभी जानते थे। ग्रेज़ीव्होदाँ स्क्वेयर के कमरे में शांताल उन्हें बिना बताए आ जाती थी और कहती थी—'पोल गाययों सर्कल गया हुआ है...हम शाम साथ-साथ गुज़ार सकते हैं...और रात भी...'

इसका मतलब है कि गाययों सर्कल अभी भी है ? वही बेतुके शब्द जो आपने अपनी जवानी में सुने थे, एक पुरानी लोकप्रिय धुन या बच्चे की तुतलाहट की तरह कई सालों बाद, ज़िन्दगी के आखिरी दिनों में लौटकर तो नहीं आ रहे ?

'जब मैं पेरिस में अकेली रहती हूँ, मुझे खास पार्टियों में शरीक होने के लिए भेजा जाता है...मैं जील की खातिर यह काम स्वीकार करती हूँ...उसे हमेशा पैसे की तंगी रहती है...और अब स्थिति बदतर होने वाली है, क्योंकि उसकी नौकरी छूटने वाली है...'

पर उन्होंने जील ओतोलीनी और इस शांताल ग्रीपे से क्यों घनिष्ठता बढ़ाई ? उस ज़माने में पहली बार आमना-सामना अक्सर कठोर और खुले दिल से होता था—दो व्यक्ति सड़क पर टकराते हैं, जैसे उनके बचपन की बम्पर कार। यहाँ सब कुछ शालीनता से घटा था, एक नोटबुक का गुम होना, फ़ोन पर आवाज़ें, कैफ़े में मुलाकात...हाँ, इन सबमें सपने जैसा हल्कापन था। और फ़ाइल के पन्नों को देखकर उन्हें कुछ विचित्र अनुभूति हुई थी—कुछ नामों के कारण, विशेषकर आनी आस्त्राँ के नाम के कारण और उन शब्दों के कारण जो एक के ऊपर एक बिना किसी अंतराल के पंक्तियों में टंकित किये गए थे, अचानक से उनके सामने ज़िन्दगी के कुछ तथ्य थे, पर जिन्हें आईने तोड़-मरोड़कर दर्शाते हैं, वे अनसुलझे तथ्य जो रात में बुखार आने पर आपका पीछा करते हैं।

'वह शारबोनियेर से कल लौट रहा है...मध्याह्न के आस-पास...फिर से वह आपके पीछे पड़ेगा...यह भूलकर भी मत कहिएगा कि हम मिले थे।'

दारागान ने सोचा कि यह वाकई निष्कपट है या ओतोलीनी को रात की इस मुलाकात के बारे में सब कुछ बताएगी। यदि ओतोलीनी ने ही इसे यह विशेष कार्य सौंपा है तो और बात है। हर सूरत में उन्हें यकीन था कि वह एक-न-एक दिन उनसे पीछा छुड़ा लेंगे, जैसा कि उन्होंने अपनी ज़िन्दगी में कई लोगों के साथ किया था।

'तो ऐसा कहा जाय कि आप लोग एक अपराधी युगल हैं,' उन्होंने मज़ाकिया लहज़े में कहा।

ऐसी बातें सुनकर लगा जैसे कि वह अवाक् हो गयी हो। उन्हें तुरंत इस पर अफ़सोस भी हुआ। वह झुकी हुई थी और उन्हें एकबारगी ऐसा लगा जैसे वह फूटकर रो पड़ेगी। वह उसकी तरफ़ झुके, पर वह उनसे नज़रें नहीं मिला रही थी।

'यह सब जील की वजह से...मैं, इसमें ऐसे ही पिस रही हूँ...'

फिर एक पल की हिचकिचाहट के बाद :

'आप उससे सावधान रहिए...वह रोज़-रोज़ आपसे मिलना चाहेगा...वह एक पल भी आपको चैन से साँस नहीं लेने देगा...वह एक ऐसा आदमी है जो...'

'चिपकू है ?'

'हाँ, बहुत बड़ा चिपकू।'

और ऐसा लगता था कि वह इस विशेषण को ऐसे चिंताजनक अर्थ में ले रही थी, जैसे उन्होंने आरम्भ में नहीं लिया था।

'मुझे मालूम नहीं कि उसने आपके बारे में क्या तथ्य इकट्ठे किये हैं... शायद फ़ाइल में कुछ हो...मैंने अभी तक पढ़ा नहीं है...इसे वह दबाव डालने के लिए इस्तेमाल करेगा...'

यह आख़िरी बात उसके मुँह पर बनावटी लग रही थी। बेशक ओतोलीनी ने 'दबाव डालने के तरीकों' के बारे में बात की थी।

'वह चाहता है कि आप उसे एक किताब लिखने में मदद करें...यही बात उसने मुझसे कही...'

'आप पक्के तौर पर कह सकती हैं कि उसे कुछ और नहीं चाहिए?'

थोड़ी देर के लिए वह सकुचाई।

'नहीं।'

'शायद मुझसे पैसे माँगेगा?'

'संभव है...जुआरियों को पैसे की ज़रूरत होती है...हाँ, बेशक वह आपसे पैसे माँगेगा...'

आरकाद मार्ग में मुलाकात के बाद उन्होंने मिलकर चर्चा की होगी। निस्संदेह ये लोग बुरी तरह से फँसे हुए हैं—एक अभिव्यक्ति जो कभी शांताल पोल के लिए प्रयोग करती थी। पर वह तो जुए में जीत के फ़ार्मूले से मुसीबत से बाहर निकल आता था।

'शीघ्र ही वह ग्रेज़ीव्होदाँ स्क्वेयर के कमरे का किराया देने के भी काबिल नहीं रहेगा...'

हाँ, पिछले पैंतालीस सालों में ग्रेज़ीव्होदाँ स्क्वेयर में किराया भी बढ़ा होगा। दारागान उस कमरे में तिकड़म भिड़ाकर रहते थे। एक दोस्त की मदद से जिसे मकान मालिक ने चाबी सौंपी थी। इस कमरे में एक टेलीफ़ोन था जिसके डायल पर ताला लगा था, ताकि कोई उसका प्रयोग न करे। पर कुछ नम्बर डायल करने में वह कामयाब हो जाते थे।

'मैं भी,' उन्होंने कहा, 'ग्रेज़ीव्होदाँ स्क्वेयर में रह चुका हूँ...'

वह उन्हें आश्चर्यचकित होकर देख रही थी, मानो वह उनके बीच कोई

सम्बन्ध ढूँढ़ रही हो। वह बोलते-बोलते रह गये कि वह लड़की जो उनके पास कमरे में आती थी, उसका भी नाम शांताल था। पर क्या फ़ायदा ? उसने उनसे कहा—

'तो जील का कमरा कहीं वही तो नहीं...एक अटारी पर बना कमरा... लिफ़्ट से चढ़ना होता है और फिर एक छोटी सीढ़ी चढ़नी होती है...'

'हाँ, हाँ, लिफ़्ट सबसे ऊपरी मंज़िल तक नहीं जाती थी—एक बरामदा था जहाँ एक के बाद एक कमरे बने हुए थे—सभी कमरों के ऊपर आधे मिटे हुए नम्बर लिखे हुए थे। उनके कमरे का नम्बर 5 था। उन्हें यह नम्बर इसलिए याद था, क्योंकि पोल अक्सर उन्हें जीत का एक फ़ार्मूला बताया करता था—'पाँच की मध्यस्थ संख्या।'

'और मेरा एक दोस्त था, रेसकोर्स में सट्टेबाज़ी करता था और हाँ, शारबोनियर के कसीनो में जुआ खेलता था...'

ऐसी बातों से उसे सांत्वना मिल रही थी और वह हल्के से मुस्कुराई। उसने सोचा होगा कि दस साल के अंतराल को छोड़ दें, तो उनकी ज़िन्दगी भी ऐसी ही थी। पर कौन-सी ज़िन्दगी ?

'तो आप किसी पार्टी से आ रही थीं ?'

ऐसा प्रश्न पूछने पर उन्हें तुरंत अफ़सोस हुआ। पर शायद उसे उन पर भरोसा होने लगा था—

'हाँ...एक युगल है, जो खास किस्म की पार्टी का आयोजन करता है...उनके यहाँ जील ने कभी ड्राइवर का काम किया था...समय-समय पर वे लोग मुझे बुलाने के लिए फ़ोन करते हैं...जील चाहता है कि मैं वहाँ जाऊँ...वे लोग मुझे पैसे देते हैं...मेरे पास और कोई चारा नहीं है...'

बिना रोक-टोक के वह सुने जा रहे थे। कहीं ऐसा तो नहीं कि वह उन्हें नहीं सुना रही थी, बल्कि भूल गयी थी कि वह वहाँ हैं। बहुत देर हो चुकी होगी। पाँच बजे सुबह ? जल्दी ही दिन निकलेगा और अँधेरा छँटेगा। एक बुरे सपने के बाद वह स्वयं को अध्ययन कक्ष में अकेले पाएँगे। नहीं, उनकी नोटबुक कभी गुम हुई ही नहीं। न ही जील ओतोलीनी, न ही जोज़ेफीन ग्रीपे जो स्वयं को शांताल ग्रीपे कहती थी, कभी अस्तित्व में थे।

'आप के लिए भी अब जील से पीछा छुड़ाना बहुत मुश्किल होगा...वह

आपका पीछा नहीं छोड़ेगा...यदि वह आपकी बिल्डिंग के दरवाज़े पर आपका इंतज़ार करे तो कोई आश्चर्य की बात नहीं...'

'धमकी या चेतावनी ? सपने में,' दारागान ने सोचा, सपने में कोई वास्तव में कैसे उनके साथ ऐसा कर सकता है ? एक सपना ? दिन निकलने पर देखा जाएगा। हालाँकि, वहाँ, उनके सामने कोई भूत नहीं बैठा था। उन्हें पता नहीं था कि सपने में आवाज़ सुनी जा सकती है या नहीं, पर उन्हें शांताल ग्रीपे की भारी आवाज़ सुनाई दे रही थी।

'मैं आपको एक सलाह देना चाहती हूँ : उसके फ़ोन का जवाब देना छोड़ दें...'

वह उनकी ओर झुकी हुई थी और धीमी आवाज़ में बात कर रही थी, मानो जील ओतोलीनी दरवाज़े के पीछे खड़ा हो।

'आपको मेरे मोबाइल पर मैसेज भेजना चाहिए...जब मैं उसके साथ नहीं रहूँगी, आपको फ़ोन करूँगी...वह क्या करने जा रहा है, मैं आपको खबर दूँगी। इस तरह से आप उससे कन्नी काट सकते हैं...'

निश्चित रूप से इस लड़की को उनके प्रति सहानुभूति थी, पर दारागान उसे बताना चाहते थे कि वह अकेले ही इस संकट से उबरने में सक्षम हैं। उनकी ज़िन्दगी में और भी ओतोलीनी आ चुके हैं। वह पेरिस में कई बिल्डिंगों के बारे में जानते थे, जिनमें दो निकास द्वार होते थे और ऐसे निकास की वजह से वह लोगों से जान छुड़ाते थे। अपनी अनुपस्थिति का विश्वास दिलाने के लिए वह अक्सर कमरे की लाइट बंद कर देते, क्योंकि सड़क की ओर दो खिड़कियाँ खुलती थीं।

'मैंने आपको एक किताब दी थी और यह कहा था कि उसे जील ने लिखा है—*Le Flâneur hippique...*'

ऐसी कोई किताब भी है, वे भूल चुके थे। फ़ोटोकॉपी बाहर निकालते समय उन्होंने उसे नारंगी रंग के गत्ते के फ़ोल्डर में छोड़ दिया था।

'यह सच नहीं है...जील लोगों को विश्वास दिलाता है कि उसने यह किताब लिखी है, क्योंकि उसके लेखक का उपनाम वही है जो उसका है...पर प्रथम नाम वह नहीं है...और फिर उस व्यक्ति की मृत्यु हो चुकी है...'

वह सोफ़े पर अपने बगल में रखे प्लास्टिक के थैले में कुछ टटोल रही

थी। उसने उसमें से दो पीली अबाबील चिड़िया टँकी काले रंग की साटन की पोशाक निकाली जिस पर शारोन मार्ग के उसके कमरे में दारागान की नज़र पड़ी थी।

'मेरी हील वाली जूती उन लोगों के यहाँ छूट गयी...'

'मैं इस पोशाक को जानता हूँ,' दारागान ने कहा।

'जब भी मैं इन लोगों की पार्टी में जाती हूँ, ये लोग चाहते हैं कि मैं इसे पहनूँ...'

'अजीब पोशाक है...'

'मुझे अपने कमरे में एक पुरानी अलमारी में पड़ी मिली...पीछे किसी ब्रांड का नाम है।'

उसने पोशाक खोलकर उन्हें दिखाई और उन्होंने लेबल पर पढ़ा—'सिल्वी रोज़ा। फ़ैशन डिज़ाइन। एस्तेल मार्ग। मारसेइ।'

'शायद आप इसे पहले पहना करती थीं...'

शारोन मार्ग के कमरे में कल दोपहर भी उन्होंने यही बात कही थी।

'सचमुच ?'

'ऐसा लगता है...पुराने लेबल के कारण...'

वह संदेह की नज़रों से लेबल को देख रही थी। फिर उसने सोफ़े पर अपने बगल में उस पोशाक को रख दिया।

'रुकिये...मैं अभी आया...'

वह अध्ययन कक्ष से यह देखने के लिए बाहर निकले कि उन्होंने रसोईघर में कहीं बत्ती जलती तो नहीं छोड़ दी है। इसकी खिड़की सड़क की ओर खुलती थी। हाँ, बत्ती जलती छोड़ दी थी। उन्होंने बत्ती बुझाई और खिड़की के पास खड़े हो गए। अभी-अभी उनकी कल्पना में ओतोलीनी आया था जो उनकी ताक में बाहर खड़ा था। ऐसे ख़याल तब आते हैं जब देर रात नींद नहीं आ रही होती। ऐसे ख़याल बचपन में आते थे और फिर डर लगता था। कोई भी तो नहीं। पर वह फव्वारे के पीछे भी छिप सकता है या फिर दायीं तरफ़ स्क्वेयर के किसी पेड़ के पीछे।

वह लंबे समय तक हाथ बाँधे, बिलकुल सीधे, स्थिर खड़े रहे। उन्हें सड़क पर कोई भी नहीं दिखा। कोई भी कार नहीं आ-जा रही थी। यदि उन्होंने

खिड़की खोली होती तो फव्वारे की फुसफुसाहट सुनी होती और उन्हें ऐसा एहसास होता कि कहीं पेरिस की बजाय रोम में तो नहीं हैं। रोम, जहाँ से कभी उनके पास आनी आस्त्राँ का पोस्ट कार्ड आया था, उसके जीवित होने का अंतिम संकेत मिला था।

जब वह वापस अपने अध्ययन कक्ष में पहुँचे तो वह पीले रंग के दो अबाबील पक्षी टँकी हुई काले साटन की अजीब पोशाक पहने सोफ़े पर लेटी थी। थोड़ी देर के लिए वह चकरा गए। जब उन्होंने दरवाज़ा खोला था तो वह कहीं यही पोशाक तो नहीं पहने हुए थी? ऐसा तो नहीं हो सकता। बैले के जूते के बगल में फ़र्श पर काली कमीज़ और पतलून लपेटकर रखी थी। उसकी आँखें बंद थीं और साँस नियमित रूप से चल रही थी। कहीं वह सोने का बहाना तो नहीं कर रही थी?

वह मध्याह्न के आस-पास गयी थी और दारागान हमेशा की तरह अपने अध्ययन कक्ष में अकेले थे। शांताल को डर था कि जील ओतोलीनी कहीं लौट न आया हो। जब वह शारबोनियेर के कसीनो में जाता था तो कभी-कभी सोमवार को सुबह-सुबह पेरिस के लिए ट्रेन पकड़ लेता था। उन्होंने खिड़की से उसे काली कमीज़ और पतलून पहने जाते हुए देखा था। उसके हाथ में प्लास्टिक का थैला नहीं था। वह पोशाक के साथ उसे सोफ़े पर भूल गयी थी। पीले पड़ गए कागज़ का विज़िटिंग कार्ड, जो उसने दिया था, उसे ढूँढ़ निकालने में उन्हें काफ़ी समय लगा। पर मोबाइल नम्बर डायल करने पर उन्हें कोई जवाब नहीं मिल रहा था। जैसे ही उसे ध्यान होगा कि वह पोशाक भूल आयी है, उन्हें फ़ोन करेगी।

उन्होंने पोशाक को निकालकर दुबारा लेबल देखा—सिल्वी रोज़ा। फ़ैशन डिज़ाइन। एस्तेल मार्ग। मारसेइ। हालाँकि वह मारसेइ शहर को नहीं जानते थे, इससे उन्हें कुछ याद आ रहा था। उन्होंने कभी यह पता देखा है या सुना है। जब वह जवान थे, इस तरह की गुत्थी, जो देखने में मामूली होती थी, कई दिनों तक उन्हें परेशान कर सकती थी, पर वह उसे सुलझाने में कोई कसर नहीं छोड़ते थे। कोई छोटा-मोटा तथ्य हो, तो भी जब तक वह उसे पूरे मामले से न जोड़कर देखें तो उन्हें चैन नहीं आता था और एक खालीपन का एहसास होता था, जैसे काठ के टुकड़ों से बनी आकृति में से एक टुकड़ा गायब हो। कभी-कभी यह

एक वाक्य या पद्य होता जिसके लेखक खोज रहे होते, कभी तो बस एक नाम। 'सिल्वी रोज़ा। फ़ैशन डिज़ाइन। एस्तेल मार्ग। मारसेइ।' उन्होंने आँखें मूँदकर ध्यान केन्द्रित करने की कोशिश की। एक शब्द उनके दिमाग में कौंधा जो उनकी नज़र में इस लेबल से सम्बन्धित था—'चाइनीज़।' 'सिल्वी रोज़ा' और 'चाइनीज़' के सम्बन्ध की पड़ताल करने के लिए गहरे पानी में डुबकी लगाने का धैर्य चाहिए था, पर कुछ वर्षों से उनमें ऐसे साहसिक कारनामों में हाथ डालने की ताकत नहीं रह गई थी। नहीं, उनकी उम्र बहुत हो गयी है, बेहतर होगा कि चित होकर तैरें...'चाइनीज़'...कहीं शांताल ग्रीपे की थोड़ी तिरछी आँखों और काले बालों की वजह से तो नहीं?

वह अपनी मेज़ के सामने बैठे थे। उस रात तितर-बितर हुए पन्ने और नीली पेंसिल से काट-छाँट पर उनकी नज़र नहीं गई थी। टेलीफ़ोन के बगल में रखे गत्ते के फ़ोल्डर को उन्होंने खोला और वहाँ पड़ी हुई किताब उठाई। वह *Le Flâneur hippique* के पन्नों को पलटने लगे। यह एक कृति का पुनर्मुद्रण था जिसका कॉपीराइट युद्ध के पहले का था। भला जील ओतोलीनी इतना ढीठ या सरल कैसे हो सकता है कि इसका लेखक होने का दावा करे? उन्होंने किताब बंद की और सामने रखे पन्नों पर एक नज़र डाली। जब उन्होंने पहली बार पढ़ा था तो चिपके हुए अक्षर होने के कारण बीच-बीच में कुछ अंश छोड़ दिये थे।

फिर से शब्द आँखों के सामने नाचने लगे। आनी आस्त्राँ से सम्बन्धित कुछ और तथ्य ज़रूर थे, पर वह इतने थके हुए थे कि उनमें पढ़ने की हिम्मत नहीं थी। वह शांतचित्त होकर दोपहर बाद पढ़ेंगे। हाँ, यदि पन्नों को एक-एक कर फाड़ने का फ़ैसला कर लें तो दूसरी बात है। हाँ, वह बाद में देखेंगे।

'कागज़ात' को गत्ते के फ़ोल्डर में रखते समय उनकी नज़र बच्चे की उस फ़ोटो पर पड़ी, जिसे वह भूल गए थे। उन्होंने फ़ोटो की दूसरी तरफ़ यह पढ़ा—'3 फ़ोटोबूथ। अज्ञात बच्चा। तहकीकात और गिरफ्तारी—आनी आस्त्राँ। वैंतीमील सीमा चौकी। सोमवार 21 जुलाई 1952।' हाँ, यह फ़ोटोबूथ से खींची गई फ़ोटो थी जिसे बड़ा (enlarge) कराया गया था। जैसा कि उन्होंने शारोन मार्ग के कमरे में कल दोपहर सोचा था।

वह इस फ़ोटो से अपनी नज़रें हटा नहीं पा रहे थे और उन्होंने सोचा कि 'कागज़ात' के पन्नों में वह इसे कैसे भूल गए। क्या यह कोई ऐसी चीज़ थी जो

उन्हें परेशान कर रही थी, कानूनी भाषा में कहें तो कोई सबूत, और वह, दारागान उसे अपनी स्मृति से निकालना चाहते थे? उनका सिर चकराने लगा और उन्हें सिहरन होने लगी। वह बच्चा जिसकी कुछ दशकों ने उनसे इतनी लम्बी दूरी बना दी थी कि वह अजनबी लगने लगा था, वह मानने के लिए मजबूर हो गए कि वह बच्चा स्वयं वह थे।

ग्रेज़ीव्होदाँ स्क्वेयर में बहुत पहले उस पतझड़ के मौसम में एक रविवार को नहीं, जब वह ल त्राँबले गए थे, बल्कि किसी और पतझड़ के मौसम में बहुत पहले एक रविवार को दारागान को एक पत्र मिला था। जब बिल्डिंग की देख-रेख करने वाली महिला डाक बांट रही थी तो वह उसके लॉज के सामने से गुज़र रहे थे।

'जहाँ तक मेरा ख़याल है, जाँ दारागान आप ही हैं।' और वह एक पत्र पकड़ा रही थी, जिसके लिफ़ाफ़े पर नीली स्याही से उनका नाम लिखा था। इस पते पर कभी भी उन्होंने डाक प्राप्त नहीं की थी। वह लिखावट नहीं पहचानते थे, बड़े-बड़े अक्षर जिनसे पूरा लिफ़ाफ़ा भर गया था—जाँ दारागान, 8, ग्रेज़ीव्होदाँ स्क्वेयर, पेरिस। उस पर आराँदिसमाँ की संख्या लिखने के लिए जगह नहीं थी। लिफ़ाफ़े की दूसरी तरफ़ एक नाम और पता—ए. आस्त्राँ, 18, आल्फ्रेद-दहोदेंक मार्ग, पेरिस।

कुछ पल तक वह सोचते रहे कि यह किसका नाम है। क्या इसलिए कि प्रथम नाम पूरा नहीं लिखा था? किसी खतरे की आशंका से वह पत्र खोलने से कतरा रहे थे। वह नई और लव्हालवा की सीमा तक पैदल उस क्षेत्र में गए जहाँ दो-तीन साल में रिंग रोड बनाने के लिए गैराज और छोटे घरों को तोड़ा गया था। आस्त्राँ। भला उसी क्षण उन्होंने क्यों न पहचान लिया कि वह कौन है?

वह पीछे मुड़े और किसी बिल्डिंग के एक ब्लॉक के नीचे बने कैफ़े में उन्होंने प्रवेश किया। वह बैठे, अपनी जेब से पत्र निकाला, नारंगी का जूस और एक चाकू मँगवाया। उन्होंने चाकू की मदद से लिफ़ाफ़ा खोला क्योंकि उन्हें डर था कि अगर उन्होंने हाथ से लिफ़ाफ़ा खोला तो दूसरी तरफ़ लिखा हुआ पता फट जाएगा। उसमें फ़ोटो बूथ से खींची गई तीन फ़ोटो थीं। उन्होंने पहचान

लिया कि वे उन्हीं के बचपन की तीनों फ़ोटो थीं। वह दोपहर उन्हें याद थी जब वह पाले द ज्यूसतिस के सामने से सैंमिशेल पुल के पार एक दूकान में गए थे जहाँ फ़ोटो खींचे गए थे। उसके बाद वह कई बार उस दूकान के सामने से गुज़रे थे। वह दूकान पहले जैसी ही थी।

यह ज़रूरी था कि वह तीनों फ़ोटो खोज निकालें और उस बड़ी फ़ोटो से मिलायें जो ओतोलीनी की 'फ़ाइल' में रखी थी। उस सूटकेस में जहाँ उन्होंने कम-से-कम चालीस साल पुराने पत्र और कागज़ ठूँस-ठूँसकर रखे थे और जिसकी चाबी संयोग से गुम हो गयी थी। मिलाना क्या है? यह वही फ़ोटो हैं। 'अज्ञात बच्चा। तहकीकात और आनी आस्त्राँ की गिरफ़्तारी। वैंतीमील सीमा चौकी। सोमवार 21 जुलाई 1952।' जब वह सीमा पार करने की तैयारी कर रही थी, उसी समय पुलिस ने उसकी तलाशी ली होगी और गिरफ़्तार किया होगा।

उसने उनका उपन्यास *Le Noir de L'ètè* पढ़ा था और उसको इस गर्मी के समय के एक वाकये का ध्यान हो आया था। वरना 15 वर्षों बाद वह उन्हें क्यों पत्र लिखती? पर उनके अस्थायी पते को उसने कैसे मालूम किया? दूसरी बात कि वह ग्रेज़ीव्होदाँ स्क्वेयर में शायद ही सोते थे। वह अपना ज़्यादा से ज़्यादा वक्त कुस्तु मार्ग के एक कमरे में और ब्लांश मुहल्ले में एक जगह गुज़ारते थे।

उन्होंने इसी आशा में यह किताब लिखी थी कि वह उन्हें कोई संकेत देगी। किताब लिखकर वह हेडलाइट की रोशनी या मार्स कोड की तरह किसी को संदेश भी भेजते थे जिनके बारे में एक अरसे से उन्हें खबर न हो। किसी पन्ने पर उनका नाम डाल देना काफ़ी होता था और फिर उनकी खबर मिलने का इंतज़ार होता था। पर आनी आस्त्राँ के मामले में उन्होंने उसके नाम का उल्लेख नहीं किया था, बल्कि तथ्यों को उलट-पुलट कर पेश करने की कोशिश की थी। वह किसी भी पात्र में अपनी छवि नहीं देख सकती थी। वे कभी समझ नहीं पाए कि एक लेखक उपन्यास में उन लोगों की छवि क्यों उतारता है, जिनकी उसकी ज़िन्दगी में भूमिका रही है। एक बार वह उपन्यास में उतर गया तो वह आपकी गिरफ़्त से छूट जाता है, जैसे कोई आईने की दूसरी तरफ़ चला जाता है। असल ज़िन्दगी में उसका अस्तित्व था ही नहीं। वह अनस्तित्व में भस्म हो गया...फूँक-फूँक कर कदम रखना होता था। इस तरह से, *Le Noir de L'ètè* किताब में केवल एक पृष्ठ आनी आस्त्राँ का ध्यान खींच सकता था, वह था

एक दृश्य जिसमें एक औरत और बच्चा बुलवार ड्यू पाले के फ़ोटोबूथ में जाते हैं। उन्हें समझ में नहीं आता कि वह उन्हें क्यों केबिन में धकेल रही है। वह उनसे बिना सिर हिलाए स्क्रीन पर एकटक देखने के लिए कहती है। वह काले पर्दे को खींच देती है। वह स्टूल पर बैठे हैं। एक रोशनी से वह कौंध जाते हैं और आँखें बंद हो जाती हैं। वह फिर से काला पर्दा खींचती है और वह केबिन से बाहर निकलते हैं। वह खाँचे से फ़ोटो के बाहर निकलने का इंतज़ार करते हैं। उन्हें फिर से वह कवायद करनी होती है, क्योंकि फ़ोटो में उनकी पलकें बंद हैं। उसके बाद वह उन्हें, अनार का जूस पिलाने के लिए पड़ोस के कैफ़े में गई थी। इसी तरह यह घटा था। उन्होंने दृश्य में ज्यों का त्यों दिखाया था और वह जानते थे कि यह हिस्सा बाकी उपन्यास से मेल नहीं खाता था। यह वास्तविकता का एक टुकड़ा था, जो उन्होंने तिकड़म भिड़ाकर उपन्यास में डाला था, जैसे कोई व्यक्तिगत संदेश अखबार के छोटे–मोटे विज्ञापनों में प्रकाशित करवाता है, जिसका गूढ़ अर्थ केवल एक व्यक्ति समझ पाता है।

जब दोपहर ढलते-ढलते भी शांताल ग्रीपे का फ़ोन नहीं आया तो उन्हें आश्चर्य हुआ। पर, उसे एहसास तो अवश्य हुआ होगा कि वह अपनी काली पोशाक भूल गयी है। उन्होंने उसका मोबाइल नम्बर डायल किया, पर कोई जवाब नहीं आया। एक संकेत, फिर चुप्पी। आप एक चट्टान की कगार पर पहुँच चुके हैं जिसके आगे केवल खाई है। उन्होंने सोचा कि कहीं ऐसा तो नहीं कि यह नम्बर सही नहीं है या उसका मोबाइल कहीं खो गया है। या फिर वह ज़िन्दा नहीं है।

शक बढ़ते-बढ़ते जील ओतोलीनी पर गया। उन्होंने कम्प्यूटर के की-बोर्ड पर टाइप किया—'स्वीर्त एजेंसी, पेरिस।' कोई स्वीर्त एजेंसी पेरिस में नहीं थी, न ही सैं-लाज़ार क्षेत्र में और न ही किसी और ज़िले में। *Le Flâneur hippique* का तथाकथित लेखक एक कल्पित एजेंसी का एक फ़र्ज़ी कर्मचारी था।

उन्हें जानने की इच्छा हुई कि ग्रेज़ीव्होदाँ स्क्वेयर में किसी ओतोलीनी का उल्लेख है कि नहीं, पर स्क्वेयर में जो आठ नाम हैं, उनमें एक भी ओतोलीनी नहीं है। हर सूरत में, काली पोशाक वहाँ थी, सोफ़े की पीठ पर, सबूत कि उन्होंने सपना नहीं देखा है। उन्होंने यों ही टाइप किया—'सिल्वी रोज़ा। फ़ैशन डिज़ाइन। एस्तेल मार्ग। मारसेइ।', पर उन्हें मिला—'रोज़ा अलटरेशन्स, 18, सोव्हाज मार्ग, 68100, म्यूलूज़।' कुछ वर्षों से वह इस कम्प्यूटर का प्रयोग लगभग न के बराबर कर रहे थे। अधिकतर सर्च अचानक खत्म हो जाते। विरले लोग जिन्हें ढूँढ़कर उन्हें अच्छा लगता इस उपकरण की निगरानी से बाहर निकल गए थे। वे लोग फन्दे की पकड़ से निकल भागे क्योंकि वे दूसरे ज़माने के थे और शातिर किस्म के लोग थे। उन्हें अपने पिता की याद आयी जिन्हें वह शायद ही जानते थे और जो मृदु आवाज़ में उनसे कहते थे—'दस-दस न्यायाधीशों

के सिर के ऊपर से मेरा मुकदमा निकल जाएगा।' कम्प्यूटर में उनके पिता का कोई नामोनिशान नहीं था। न ही तौर्संतेल या परैं-द-लारा का जिनका नाम कल शांताल ग्रीपे के आने से पहले कम्प्यूटर पर टाइप किया था। परैं-द-लारा के मामले में वही हुआ जो हमेशा होता है—स्क्रीन पर ढेर सारे परैं दीख रहे थे और रात भर देखें तो भी सूची खत्म नहीं होती। वे लोग जिनकी खोज-खबर वह लेना चाहते, गुमनाम लोगों की भीड़ में गायब हो गए थे या फिर उसी नाम के किसी प्रख्यात व्यक्ति के पीछे गौण हो गए थे। और जब वह की-बोर्ड में सीधा प्रश्न टाइप करते—'जाक परैं-द-लारा, क्या अभी भी जीवित है? यदि हाँ, तो मुझे उसका पता बताएँ,' कम्प्यूटर उत्तर देने में अक्षम था, ऐसा लगता था जैसे झिझक एवं घबराहट का संचार बहुत-सी तारों से हो रहा था, जो उपकरण को बिजली के प्लग-सॉकेट से जोड़ती थीं। कभी-कभी आप गुमराह भी हो जाते थे—'आस्त्राँ' टाइप करने पर स्वीडिश भाषा में परिणाम आ रहे थे और इस नाम के कई व्यक्ति गोथेनबर्ग शहर में एकत्रित थे।

गर्मी पड़ रही थी और यह क्वार की उमस नवम्बर महीने में भी बेशक जारी रहने वाली थी। आदतन अपने अध्ययन कक्ष में सूर्यास्त का इंतज़ार करने की बजाय उन्होंने बाहर निकलने का निर्णय लिया। थोड़ी देर बाद जब वह लौटकर आयेंगे तो आवर्धक लैंस (मैग्नीफ़ाइंग ग्लास) की मदद से उन फ़ोटोकॉपी को पढ़ने की कोशिश करेंगे जिन्हें उन्होंने कल जल्दबाज़ी में पढ़ा था। इस तरह से आनी आस्त्राँ के बारे में शायद कुछ जानकारी मिलेगी। उन्हें अफ़सोस हो रहा था कि उस फ़ोटोबूथ की घटना के पन्द्रह साल बाद जब वह उससे मिले थे तो उन्होंने ये प्रश्न क्यों नहीं पूछे, पर बहुत जल्दी उन्हें समझ में आ गया कि उन्हें वह कोई जवाब नहीं देती।

~

बाहर निकलकर वह पिछले दिन से अधिक निश्चिंत महसूस कर रहे थे। सुदूर अतीत में डुबकी लगाना शायद एक भूल थी। इससे क्या फ़ायदा? इतने वर्षों से इसके बारे में उन्होंने सोचना छोड़ दिया था, इस तरह से कि उनकी ज़िन्दगी की वह अवधि वैसी ही दीखती थी जैसे किसी पारभासी शीशे के पार। इससे

एक धुँधली-सी झलक दीखती थी, पर न तो चेहरा साफ़-साफ़ दीखता था और न ही रूप-रेखा। एक चिकना शीशा, एक तरह की शील्ड। स्वैच्छिक विस्मरण के कारण शायद वह इस अतीत से स्वयं को हमेशा के लिए सुरक्षित करने में सफल हो गए थे। या फिर समय के साथ-साथ इसकी चमक फीकी हो गई थी और खुरदरापन घिस गया था।

वहाँ, क्वार की उमस में फैली रोशनी पेरिस की सड़कों को एक कालातीत कोमलता प्रदान कर रही थी। उस रोशनी में फुटपाथ पर उन्हें फिर से ऐसा लगा मानो चित होकर बहे जा रहे हों। पिछले साल से ही उन्हें ऐसा महसूस हो रहा था और वह सोच रहे थे कि कहीं इसका सम्बन्ध वृद्धावस्था के आगमन से तो नहीं। बहुत कम उम्र में ही उन्हें इस तरह की अर्द्धनिद्रा के क्षणों का अनुभव हुआ था, जिसमें व्यक्ति स्वयं को बहने देता है—अक्सर ऐसा तब होता है, जब रात भर नींद नहीं आती—पर आज की बात और थी : इंजन बंद हो जाने के बाद ढलान पर निर्बाध उतरते चले जाना। आखिर कितनी दूर तक आप जा सकते हो।

अपने वज़न और हवा के बल पर वह फिसलते जा रहे थे। वह सामने से आ रहे उन पैदल यात्रियों से टकरा रहे थे जो उनके आने से पहले उनके रास्ते से तुरंत नहीं हट रहे थे। वह क्षमा माँग रहे थे। यह उनकी गलती नहीं थी। आम तौर पर वह सड़क पर चलते समय बहुत अधिक सावधानी बरतते थे। जब दूर से कोई ऐसा दीखता था, जिसे वह जानते हों और जो उन्हें टोक सकता था, तो वह फुटपाथ बदलने के लिए तैयार रहते थे। उन्हें एहसास हुआ कि ऐसे विरले मौके आते हैं, जब किसी ऐसे व्यक्ति से मुलाकात होती है जिससे हम वाकई मिलना चाहते थे। दो या तीन बार पूरी ज़िन्दगी में!

शांताल ग्रीपे को उसकी पोशाक देने के लिए वह खुशी-खुशी शारोन मार्ग तक पैदल गए होते पर डर था कि कहीं जील ओतोलीनी से सामना न हो जाये। तो क्या? यदि ऐसा हुआ तो उस आदमी के अनिश्चित अस्तित्व का फ़ैसला हो जाएगा। शांताल ग्रीपे का वाक्य उनके दिमाग में फिर से आ रहा था—'स्वीर्त एजेंसी उसे नौकरी से निकालना चाहती है।' पर उसे मालूम होना चाहिए था कि स्वीर्त नाम की कोई एजेंसी है ही नहीं। और वह किताब, *Le Flâneur hippique* जिसके कॉपीराइट की तिथि युद्ध से पहले की है? क्या ओतोलीनी ने

उसकी पांडुलिपि पहले किसी और प्रथम नाम से साबलिए प्रकाशन को दी थी? आखिरकार दारागान को इन सब बातों के बारे में जानने का हक़ है।

वह पाले-रोयाल के मेहराबदार मार्ग पर पहुँच चुके थे। वह निरुद्देश्य पैदल चले जा रहे थे। पर पों देजार और लोव्र के प्रांगण को पार करने के क्रम में उन्होंने वह रास्ता लिया, जो बचपन के दिनों से उनका जाना-पहचाना था। लोव्र देज़ौन्तीकैर पार करते हुए उन्हें उस जगह पर ग्राँ मागाजैं द्यू लोव्र के क्रिसमस झरोखे की याद आयी। अब जबकि वह गालरी द बोजोल के बीच में रुके थे जैसे टहलते-टहलते उन्हें अपनी मंज़िल मिल गयी हो, एक और स्मृति कौंधी। यह स्मृति एक अरसे से बहुत नीचे अँधेरे में ऐसे दफ़न थी कि नई लग रही थी। उन्होंने सोचा कि यह सचमुच स्मृति थी या एक आशुचित्र जो अब अतीत से नहीं जुड़ा था, बल्कि एक उन्मुक्त इलेक्ट्रॉन की तरह उससे अलग हो गया था—वह और उनकी माँ—एक दुर्लभ अवसर पर जब वे साथ-साथ थे—किताबों और पेंटिंग्स की दूकान में प्रवेश करते हुए और उनकी माँ दो आदमियों से बात करते हुए, जिनमें एक दूकान के भीतरी भाग में मेज़ के सामने बैठा हुआ था और दूसरा चिमनी के संगमरमर के ऊपर कोहनी रखे हुए था। गी तौसंतेल। जाक परैं-द-लारा। काल के छोर तक वहीं गतिहीन। ऐसा कैसे हो गया कि पोल और शांताल के साथ पतझड़ के मौसम में उस रविवार को जबकि वह ल त्राँबले से तौसंतेल की गाड़ी में लौटे थे, फिर भी इस नाम से सम्बधित उन्हें कुछ भी याद नहीं आया और न ही उस विज़िटिंग कार्ड से हालाँकि उस पर दूकान का पता लिखा था?

कार में तौसंतेल ने 'पेरिस के उपनगरीय क्षेत्र के घर' के बारे में बात की थी, जहाँ उसने बचपन में उन्हें आनी आस्त्राँ के घर में देखा था। दारागान वहाँ एक साल रहे थे। सैं-ल-ला-फौरे में। 'मुझे एक बच्चे की याद है,' तौसंतेल ने कहा था। 'वह बच्चा शायद आप थे, मेरा ख़याल है...' और दारागान ने उसे रूखे स्वर में जवाब दिया था, मानो उनका इस वाकये से कोई सरोकार नहीं था। रविवार था उन्होंने *Le Noir de L'ètè* लिखना शुरू किया था, तौसंतेल के उन्हें ग्रेज़ीव्होदाँ स्क्वेयर में छोड़ने के बाद। और एक पल के लिए भी उनके दिमाग में

यह बात नहीं आई कि उससे पूछें कि उसे वह औरत याद है जो सैं-ल-ला-फौरें के घर में रहती थी, 'आनी आस्त्राँ नाम की औरत।' और क्या उसे पता था कि वह औरत अब किस हाल में है।

गालरी द बोजोल के मेहराबदार मार्ग के पास बगीचे में धूप में एक बैंच पर वह बैठ गए। वह एक घंटा पैदल चले होंगे, इस बात पर उनका ध्यान नहीं गया कि उस दिन बाकी दिनों से ज़्यादा गर्मी थी। तौर्संतेल। परैं-द-लारा। हाँ, हाँ, ल त्राँबले में उसी साल वह परैं-द-लारा से रविवार को आख़िरी बार मिले थे—वह मात्र 21 साल के थे—और यदि उसका सम्बन्ध आनी आस्त्राँ से नहीं होता तो यह मुलाकात वो भूली दास्ताँ हो जाती—जैसा कि उस गीत में कहा गया है। एक शाम वह शाँज़ेलीज़े के गोल चक्कर पर एक कैफ़े में थे, जिसे बाद में दवाखाना बना दिया गया था। दस बज रहे थे। उन्होंने एक विराम लिया ग्रेज़ीव्होदाँ स्क्वेयर की तरफ़ या फिर कुस्तु मार्ग के एक कमरे की तरफ़ बढ़ने से पहले। वह कमरा जिसे उन्होंने 600 फ्रैंक प्रति माह के किराये पर लिया था।

उस रात उन्हें छत पर अकेले बैठे हुए अपने सामने परैं-द-लारा की उपस्थिति का तुरंत एहसास नहीं हुआ था।

क्यों उन्होंने उससे बात की थी? पिछले दस सालों से उन्होंने उसे नहीं देखा था और वह आदमी निश्चित रूप से उन्हें पहचान नहीं सकता था। पर वह अपनी पहली किताब लिख रहे थे। और आनी आस्त्राँ उन्हें बेहद याद आ रही थी। परैं-द-लारा कहीं उसके बारे में कुछ जानता तो नहीं था?

वह उसकी मेज़ के सामने बैठे थे और उस आदमी ने सिर उठाया था। नहीं, वह उन्हें नहीं पहचान रहा था।

'जाँ दारागान...'

'ओहो...जाँ...'

उसने उन्हें देखकर एक फीकी मुस्कान बिखेरी, जैसे उसे घबराहट हो रही हो कि कोई ऐसी जगह पर रात्रि के इस वक़्त उसे पहचान न ले।

'इतने सालों में आप बड़े हो गए हैं...जाँ, बैठ जाइए...'

उसने अपने सामने वाली सीट की तरफ़ इशारा किया। एक पल के लिए दारागान को झिझक हुई। कैफ़े का शीशे वाला दरवाज़ा अधखुला था। वही

हमेशा वाला वाक्य बोलना काफ़ी होता—'ज़रा रुकिये...मैं आ रहा हूँ...' फिर रात में खुली हवा में बाहर निकल कर आराम से साँस लेते। और उस परछाईं की तरफ़ लौटने के बजाय उसे वहीं अकेला कैफ़े की खुली छत पर इंतज़ार करता छोड़ देते, अनंत काल तक।

वह बैठ गए। परैं-द-लारा का रोमन मूर्तियों के जैसा चेहरा और भी फूल गया था और उसके घुँघराले बालों में सफ़ेदी आ गयी थी। उसने गहरे नीले रंग का एक सूती जैकेट पहना हुआ था, जो ऋतु को देखते हुए निहायत हल्का था। उनके सामने गिलास में आधी पी गई मारतीनी शराब रखी थी, जिसे दारागान ने रंग देखकर पहचाना।

'और आपकी माँ? कई साल बीत गए मैंने उनकी खोज-खबर नहीं ली... दरअसल हम भाई-बहन की तरह थे...'

उसने कंधे उचकाये और उसकी आँखों में चिंता थी।

'मैं लम्बे समय तक पेरिस में नहीं था...'

साफ़ था कि वह इस लम्बी अनुपस्थिति का कारण उन्हें बताना चाहता था। पर वह चुप रहा।

'और आप अपने मित्र तौर्सतेल और बॉब ब्यून्याँ से दुबारा मिले?'

दारागान के मुँह से ये दो नाम सुनकर परैं-द-लारा को आश्चर्य हुआ। आश्चर्यचकित और सशंकित।

'क्या खूब याददाश्त है आपकी...आपको वे दोनों याद हैं?...'

वह दारागान को एकटक देखते जा रहे थे और दारागान को यह अटपटा लग रहा था।

'नहीं...उनसे मेरी मुलाकात अब नहीं होती...ताज्जुब है, बच्चों की ऐसी याददाश्त...और आप अपनी कहिए, कुछ नया-ताज़ा?'

दारागान को यह प्रश्न तीखा लगा। पर शायद उनका अनुमान सही न हो या फिर कैफ़े की खुली छत पर, पतझड़ के मौसम में दस बजे रात में अकेले मारतीनी पीने का असर तो परैं-द-लारा पर नहीं दिख रहा?

'मैं एक किताब लिखने की कोशिश कर रहा हूँ...'

वह हैरान थे कि यह बताने की क्या ज़रूरत थी।

'ओहो...जैसा कि उन दिनों आप मीनू रुए से ईर्ष्या करते थे ?'

दारागान यह नाम भूल गए थे। पर हाँ, उन्हीं की उम्र की एक छोटी लड़की थी, जिसका उन दिनों एक कविता-संग्रह प्रकाशित हुआ था—*Arbre, mon ami* ।

'साहित्य सब के बस का काम नहीं है...मेरा ख़याल है कि आपको इसका एहसास ज़रूर हुआ होगा...'

परें-द-लारा के उपदेशात्मक स्वर पर दारागान को अचम्भा हुआ। जो थोड़ा-बहुत वह उनके बारे में जानते थे और जो कुछ बचपन की याद थी, उससे वह यही समझते थे कि वह उथले व्यक्तित्व का होगा। एक छाया चिमनी के ऊपर संगमरमर पर कोहिनी रखकर खड़ी है। क्या वह भी उनकी माँ और तौर्सतेल और शायद बॉब ब्यून्याँ की तरह 'कृज़ालीद क्लब' से जुड़ा हुआ था।

आखिरकार उन्होंने उससे कहा—'तो, इस लम्बी अनुपस्थिति के बाद आप फिर हमेशा के लिए पेरिस लौट आये ?'

उस व्यक्ति ने कंधे उचकाये और दारागान को हेय दृष्टि से देखा, मानो दारागान ने कोई धृष्टता की हो।

'मुझे मालूम नहीं, ''हमेशा के लिए'' से आपका क्या आशय है।'

खुद दारागान को भी मालूम नहीं था। उन्होंने बस बातचीत को आगे बढ़ाने के लिए यह कहा था। और वह आदमी झुँझला रहा था...उनकी इच्छा हुई कि वह उठें और उसे छूटते ही कहें—'अच्छा, गुड लक, सर...' और कैफ़े के शीशे के दरवाज़े से निकलने के पहले वे एक बार मुस्कुराएँगे और हाथ हिलाकर हमेशा के लिए विदा लेंगे, जैसे रेलवे प्लेटफॉर्म पर कोई करता है। उन्होंने अपने को रोका। थोड़े धैर्य से काम लेना होगा। शायद उसे आनी आस्त्राँ के बारे में कुछ पता हो।

'आप मुझे सुझाते थे कि क्या पढ़ना है...आपको याद है ?'

उन्होंने भावुक आवाज़ में बोलने की कोशिश की। यह सच है कि जब वह बच्चे थे तो इसने उन्हें क्लासिक आशेत प्रकाशन के संग्रह में हल्के हरे रंग की जिल्द में फेबल्स लाकर दी थीं। और कुछ समय बाद उस व्यक्ति ने ही बड़े होने पर उन्हें *Fabrizio Lupo* पढ़ने के लिए कहा था।

'निश्चित रूप से आपको बहुत-सी बातें याद हैं...'

आवाज़ में नरमी आ गयी थी और परैं-द-लारा उन्हें देखकर मुस्कुरा रहे थे। पर यह मुस्कान थोड़ी कृत्रिम थी। वह दारागान की तरफ़ झुका—

'सच पूछिए तो...आज मैं पेरिस को देखता हूँ, तो लगता ही नहीं कि यह वही पेरिस है जहाँ मैं रह चुका हूँ...पाँच साल की अनुपस्थिति में ही यह सब हो गया...मुझे लगता है कि मैं किसी अजनबी शहर में आ गया हूँ...'

उसके जबड़े कसे हुए थे, मानो अपने मुँह से असंगत शब्दों को निकलने से रोकना चाहता हो। सम्भवत: अरसे से उसने किसी से भी बात नहीं की थी।

'अब कोई फ़ोन का जवाब नहीं देता...पता नहीं, वे अभी भी जीवित हैं या मुझे भूल गए हैं या फिर फ़ोन उठाने के लिए उनके पास अब समय नहीं रहा...'

उसकी मुस्कुराहट और फैल गयी थी, नज़रों में हमदर्दी थी। वह शायद अपने शब्दों की उदासी को कम करना चाहता था, उदासी जो इस निर्जन कैफ़े के बाहर की रोशनी की पहुँच से बाहर के क्षेत्र से मेल खाती थी।

उसे देखकर ऐसा लग रहा था मानो उसे अपने मन की बात कहने का अफ़सोस था। उसने पीठ सीधी की और मुड़कर कैफ़े के शीशे के दरवाज़े की ओर देखा। उसका चेहरा भद्दा था और उसके घुँघराले, सफ़ेद बाल ऐसे लग रहे थे, जैसे उसने विग पहना हुआ हो। इसके बावजूद उसमें एक मूर्ति की स्थिरता बरकरार थी। दस साल पहले जाँ दारागान के दिमाग में जाक परैं-द-लारा की ऐसी अनूठी छवि बनी थी। और वह बात करने के लिए अपना चेहरा आदतन तिरछा रखते थे, जैसा कि अभी। उन दिनों उसे ज़रूर बताया गया होगा कि बगल से उसका चेहरा खूबसूरत दीखता था, पर ऐसा कहने वाले सभी मर चुके थे।

'आप इसी मुहल्ले में रहते हैं?' दारागान ने पूछा।

फिर से वह उनकी तरफ़ झुका और जवाब देने में झिझक रहा था।

'कुछ खास दूर नहीं...तेर्न के एक छोटे-से होटल में...'

'आप अपना पता दें तो बेहतर होगा...'

'आपके लिए क्या यह सचमुच मायने रखता है?'

'हाँ...आपसे दुबारा मिलकर मुझे खुशी होगी।'

अब वह असली मुद्दे पर आने वाले थे। उन्हें इसको लेकर थोड़ी आशंका हुई। उन्होंने गला साफ़ किया।

'मैं आपसे एक जानकारी चाहता हूँ...'

उनकी आवाज़ सपाट थी। उन्हें परैं-द-लारा के चेहरे पर आश्चर्य दिखाई दिया।

'यह एक ऐसे शख़्स के बारे में है, जिसे शायद आप जानते थे...आनी आस्त्राँ...'

उन्होंने इस नाम का उच्चारण एक-एक शब्दांश को साफ़-साफ़ बोलते हुए ज़ोर से किया था, जैसे फ़ोन की घरघराहट में अपनी आवाज़ दबने से बचाने की स्थिति में आप करते हैं।

'नाम दुबारा बोलिए तो...'

'आनी आस्त्राँ।'

वह इस तरह से चिल्लाये थे, जैसे कोई 'बचाओ-बचाओ' चिल्लाता है।

'मैं लम्बे समय तक सैं-ल-ला-फौरे में आनी आस्त्राँ के घर में रहा था...'

उसके द्वारा उच्चारित शब्द एकदम स्पष्ट थे और छत पर छाई शांति में खनखना रहे थे, पर उसने सोचा कि इससे काम नहीं बनेगा।

'हाँ...मुझे याद है...हम लोग एक बार आपकी माँ के साथ आपसे मिलने गए थे...'

वह चुप हो गया। और वह इस विषय पर अब कुछ नहीं कहेगा। यह एक सुदूर स्मृति से जुड़ा हुआ था, जिससे उनका कोई सम्बन्ध नहीं था। कभी भी किसी से यह आशा नहीं करनी चाहिए कि वह आपके प्रश्नों का ठीक जवाब देगा।

फिर भी उसने कहा—

'एक कम उम्र की युवती...जैसे कैबरे की नर्तकी हो...बॉब ब्यून्याँ और तौर्सतेल उसे मुझसे बेहतर जानते थे...और आपकी माँ भी...मुझे लगता है कि वह जेल जा चुकी थी...और आप क्यों उस औरत में रुचि दिखा रहे हैं?'

'मेरे लिए उसका बहुत महत्त्व है।'

'अच्छा...माफ़ कीजिएगा, मैंने आपको कोई जानकारी नहीं दी...मैंने आपकी माँ और बॉब ब्यून्याँ के मुँह से थोड़ा-बहुत उसके बारे में सुना था...'

वह मिलनसारिता के साथ बोल रहा था। दारागान ने सोचा कि कहीं वह किसी ऐसे व्यक्ति की नकल तो नहीं कर रहा जिसने उसे युवावस्था में प्रभावित किया हो और जिसकी भाव-भंगिमा और आवाज़ के उतार-चढ़ाव का अभ्यास वह शाम के समय आईने के सामने करता रहा हो। कोई ऐसा आदमी जो उसके लिए उस उम्र में जब वह एक सीधा-सादा, भोला-भाला लड़का हुआ करता था, पेरिस के सुघड़पन का द्योतक था।

'बस एक बात मैं आपको बता सकता हूँ कि वह जेल होकर आयी थी...सचमुच उस औरत के बारे में मुझे और कुछ नहीं मालूम...'

कैफ़े के बाहर नियोन की रोशनी बंद कर दी गयी थी ताकि वहाँ मौजूद ये आखिरी दोनों ग्राहक समझ लें कि कैफ़े बंद होने जा रहा था। परैं-द-लारा मद्धिम रोशनी में चुपचाप बैठा था। दारागान को मोंपारनास मुहल्ले के सिनेमाघर की याद आयी जहाँ वह बारिश से बचने के लिए उस शाम घुस गये थे। अंदर हीटिंग की व्यवस्था नहीं थी और जो थोड़े-बहुत दर्शक वहाँ थे, उन्होंने ओवरकोट पहन रखा था। अक्सर सिनेमाघर में वह आँखें बंद कर लेते। चित्र की अपेक्षा फ़िल्म की ध्वनि और संगीत उनके लिए ज़्यादा विचारोत्तेजक होते थे। उस शाम रोशनी जलने के पहले फ़िल्म में दबी जुबान में कहा गया एक वाक्य उनके दिमाग में उमड़-घुमड़ रहा था और उन्हें भ्रम हुआ था कि उन्होंने ही वह वाक्य कहा था—'तुम्हारे पास पहुँचने के लिए मैंने न जाने किस-किस गली की खाक छानी।'

कोई उनके कंधे पर हाथ रखकर कह रहा था—

'सर, हम कैफ़े बंद करने जा रहे हैं...अब जाने का समय आ गया है...'

वे लोग सड़क पार करके उस बगीचे में पैदल चल रहे थे जहाँ दिन के समय स्टैम्प बेचने की छोटी-छोटी दूकानें लगी होती हैं। दारागान को परैं-द-लारा से विदा लेने में संकोच हो रहा था। परैं-द-लारा रुका, मानो उसके दिमाग में अचानक से कोई विचार कौंधा हो—

'मुझे तो यह भी पता नहीं कि वह जेल क्यों गयी थी...'

उसने दारागान से हाथ मिलाया।

'बहुत जल्दी मिलेंगे, मैं आशा करता हूँ...या शायद दस साल बाद...'

दारागान को समझ में नहीं आ रहा था कि उसे क्या उत्तर दें और वह फुटपाथ पर खड़े उसे आँखों से ओझल होते देखते रहे। परैं-द-लारा हल्का जैकेट पहने दूर जा रहा था। वह पेड़ों के नीचे बहुत धीमे कदमों से चल रहा था और उस समय जब वह मारीग्नी पथ पार करने जा रहा था, पीठ पर हवा के झोंके और मुट्ठी भर सूखे पत्तों के कारण उसका संतुलन बिगड़ते-बिगड़ते बचा।

वापस कमरे में लौटकर उन्होंने आन्सरिंग मशीन सुनी, यह मालूम करने के लिए कि कहीं शांताल ग्रीपे या जील ओतोलीनी ने कोई संदेश तो नहीं छोड़ा। नहीं। अबाबील पक्षी वाली काली पोशाक सोफ़े की पीठ पर पड़ी थी और फ़ोन के बगल में उसी जगह उनके अध्ययन कक्ष में नारंगी रंग के गत्ते का फ़ोल्डर पड़ा था। उसमें से उन्होंने फ़ोटोकॉपियाँ निकालीं।

पहली नज़र में आनी आस्त्राँ के बारे में कुछ ख़ास जानकारी नहीं थी। नहीं कुछ तो था। सैं-ल-ला-फौरे के घर का पता लिखा था—'15, एरमीताज मार्ग,' फिर एक टिप्पणी जिसमें तलाशी का ज़िक्र था। यह घटना उसी साल घटी थी, जिस साल आनी आस्त्राँ उन्हें फ़ोटोबूथ लेकर गयी थी और वैंतीमील की सीमा चौकी पर उसकी तलाशी ली गयी थी। उसके भाई पियेर (6, लाफ़रियेर मार्ग, पेरिस, 9वाँ आरौंदिसमाँ) और रोजे वैंसों (12, निकोला श्यूके मार्ग, पेरिस, 17वाँ आरौंदिसमाँ) जिसके बारे में संदेह था कि कहीं वह आस्त्राँ से धंधा तो नहीं करवाता था।

यह भी साफ़-साफ़ लिखा था कि सैं-ल-ला-फौरे में स्थित घर रोजे वैंसों के नाम से था। सी.आई.डी. की रपट की एक बहुत पुरानी प्रतिलिपि भी थी। वेश्यावृत्ति पर नज़र रखने वाली वाहिनी ने जाँच-पड़ताल करके ये जानकारियाँ इकट्ठी की थीं। इनका संबंध तथाकथित आनी आस्त्राँ, 46, नोत्रदाम-द-लोरेत के होटल के निवासी से था जहाँ लिखा था—'लेत्वाल क्लेबेर में मिली।' पर सब कुछ अस्त-व्यस्त था मानो किसी ने—कहीं ओतोलीनी तो नहीं?—आनन-फ़ानन में अभिलेखागार के दस्तावेज़ों की नकल करते समय कुछ शब्दों को छोड़ दिया था और यहाँ-वहाँ से ऐसे वाक्यों को उठाकर एक साथ मिला दिया था जिनका आपस में कोई सम्बन्ध न था।

इन तथ्यों के दलदल में फिर से सिर खपाने का कोई फ़ायदा है क्या ? पढ़ते-पढ़ते दारागान को ऐसा महसूस हुआ जैसा पिछले दिन उन्हीं पन्नों के गूढ़ार्थ खोजने की कोशिश करते हुआ था—आधी नींद में सुने गए वाक्य और उनमें से कुछ शब्द जो सुबह याद आते हैं, उनका कोई अर्थ नहीं होता। इन सबके बीच पक्के पतों का लिखा होना—15, एरमीताज मार्ग, 12, निकोला श्यूके मार्ग, 46, नोत्रदाम-द-लोरेत मार्ग सम्भवत: कुछ संकेत-चिह्न मिलें जिन्हें पकड़कर फिसलते हुए रेत से बच सकें।

वह आश्वस्त थे कि निकट भविष्य में इन पन्नों को फाड़कर चैन की साँस लेंगे। तब तक वह अपनी मेज़ पर इन्हें पड़े रहने देंगे। शायद आखिरी बार पढ़ने पर उन्हें कोई गुप्त संकेत मिले जिससे वह आनी आस्त्राँ तक जाने का रास्ता पा सकें।

ज़रूरी था कि वह उस लिफ़ाफ़े को खोज निकालें जिसमें फ़ोटोबूथ से खींचे गए फ़ोटो भेजे गए थे। जिस दिन उन्हें यह लिफ़ाफ़ा मिला, उन्होंने डायरेक्टरी में सड़कों के नाम देखे थे। 18, आल्फ्रेद-दहोदेंक में कोई आनी आस्त्राँ नहीं रहती। और जैसा कि उसने फ़ोन नम्बर नहीं बताया था, उनके पास उसे पत्र भेजने के अलावा कोई चारा नहीं था...पर क्या उसने जवाब दिया होता।

उस शाम उनके अध्ययन कक्ष में ये सारी बातें बहुत पुरानी लग रही थीं... नई सदी के भी दस साल बीत गए हैं...फिर भी सड़क पर चलते-चलते किसी चेहरे को देखकर—यहाँ तक कि बातचीत में अचानक निकले किसी शब्द से ही या संगीत की ध्वनि से—आनी आस्त्राँ का नाम स्मृति में आता। पर धीरे-धीरे ऐसा होना कम हो गया था और उसकी अवधि कम हो गयी थी, एक रोशनी जो संकेत देकर जल्दी से बुझ जाती है।

वह असमंजस में थे कि उसे लिखें या तार भेजें। 18, आलफ्रेद दहोदेंक मार्ग।'कृपया फ़ोन नम्बर भेजें। जाँ।' या एक न्युमाटिक, ट्यूब में हवा के दबाव से चलने वाला संदेश भेजा जाय, जिसका उन दिनों प्रचलन था। बाद में उन्होंने उस पते पर जाने का फ़ैसला कर लिया था, हालाँकि वह बिना बताए किसी का अपने घर टपकना पसंद नहीं करते थे, न ही किसी के द्वारा सड़क पर अचानक टोके जाना।

यह पतझड़ का मौसम था, ऑल सैंट्स डे। उस दोपहर धूप निकली हुई थी। उनकी ज़िन्दगी में पहली बार ऐसा हुआ था कि 'ऑल सैंट्स' के नाम से उदासी नहीं छायी। प्लास ब्लांश से उन्होंने मेट्रो पकड़ी थी। दो बार मेट्रो बदलनी थी। एत्वाल स्टेशन पर और त्रोकादेरो पर। रविवार और सार्वजनिक अवकाशों के दिन मेट्रो लम्बे अन्तराल पर आती थी और वह सोच रहे थे आनी आस्त्राँ से दुबारा मुलाकात किसी और दिन नहीं, बल्कि सार्वजनिक अवकाश वाले दिन ही हो सकती है। उन्होंने साल गिने—पन्द्रह साल पहले वह उन्हें एक दोपहर फ़ोटोबूथ ले गयी थी। उन्हें गार द लियों स्टेशन की एक सुबह की याद आयी। दोनों ट्रेन में चढ़े थे, जो गर्मी की छुट्टियों का पहला दिन होने के कारण ठसाठस भरी थी।

त्रोकादेरो स्टेशन पर मेट्रो ट्रेन का इंतज़ार करते हुए वह ऊहापोह में थे—आज कहीं शायद वह पेरिस में न हो। पन्द्रह सालों बाद वह उसे पहचान नहीं पाएँगे।

सड़क जहाँ जाकर खत्म होती थी, वहाँ सलाखें थीं। उनके पीछे, रानलाग बाग के पेड़। फुटपाथ के किनारे कोई भी गाड़ी नहीं थी। चुप्पी। ऐसा लगता था कि यहाँ कोई नहीं रहता। पेड़ और सलाखों के पहले दायीं तरफ़ बिलकुल छोर पर 18 नम्बर सबसे अंतिम था। एक सफ़ेद बिल्डिंग या यों कहें कि एक बड़ा दो मंज़िला घर। मुख्य द्वार पर एक इंटरकॉम। और इस इंटरकॉम के एकमात्र बटन के बगल में एक नाम—वैंसों।

सड़क की तरह बिल्डिंग भी, उन्हें लगा कि निर्जन है। उन्होंने बटन दबाया। इंटरकॉम से एक घरघराहट सुनाई दी जो हवा के झोंके से उत्पन्न पेड़ के पत्तों की सरसराहट हो सकती थी। वह झुके और शब्दांशों को अच्छी तरह

उच्चारित करते हुए उन्होंने दो बार जाँ दारागान कहा। हवा के शोर में आधी दबी हुई किसी औरत की आवाज़ ने उन्हें जवाब दिया—'पहली मंज़िल।'

शीशे का दरवाज़ा धीरे से खुला और उनके सामने हॉल था जिसकी दीवार पर लगे लैम्प से रोशनी आ रही थी। वे लिफ़्ट से नहीं सीढ़ियों से चढ़कर आए जो कुछ दूर जाकर एकदम से मुड़ जाती थीं। जब पहली मंज़िल पर पहुँचे, वह अधखुले दरवाज़े के सामने खड़ी थी, चेहरा आधा छिपा हुआ था। फिर उसने पल्ला खींचा और उन्हें एकटक देखती रही, मानो वह उन्हें पहचान नहीं पा रही थी।

'अंदर आ जाओ, बेटे जाँ...'

एक कमज़ोर लेकिन भारी आवाज़, वैसी ही जैसी 15 साल पहले थी। वही चेहरा, वही नज़रें। बाल उतने छोटे नहीं थे। कंधे तक लटक रहे थे। अभी उसकी क्या उम्र होगी ? 36 साल ? हॉल में अभी भी वह उन्हें उत्सुकता से देख रही थी। वह कुछ कहने की कोशिश कर रहे थे—

'मुझे पता नहीं था कि जहाँ 'वैंसों' लिखा है, वहाँ बटन दबाना है...

'अब मेरा नाम वैंसों है...मैंने अपना प्रथम नाम बदल लिया है, तुम कल्पना भी नहीं कर सकते...आन्येस वैंसों...'

उसने अपने बगलवाले कमरे में आने के लिए कहा जो ड्रॉइंग रूम था, पर फ़र्नीचर के नाम पर वहाँ एक सोफ़ा था और उसके बगल में एक लैंप शेड। शीशे की एक बड़ी खिड़की जिसके पार उन्हें पेड़ दिखे जिनके पत्ते अभी गिरे नहीं थे। अभी भी रोशनी थी। लकड़ी के फ़र्श और दीवारों पर धूप की चमक।

'बैठो, बेटा जाँ...'

वह सोफ़े के दूसरे छोर पर बैठ गयी ताकि आराम से उन्हें देख सके।

'तुम्हें रोजे वैंसों तो याद होंगे ?'

जैसे ही उसने इस नाम का उच्चारण किया, उन्हें सैं-ल-ला-फौरे के घर के सामने लगी हुई अमरीकी कार की याद आयी जिसकी छत हटाई जा सकती थी और जिसके स्टीयरिंग व्हील पर एक आदमी बैठा होता था, जिसे पहले-पहल उन्होंने अमरीकी समझा, क्योंकि इसका कद लंबा था और जब वह बोलता था तो उसके उच्चारण में विशिष्टता दिखती।

'कुछ साल पहले मेरी शादी रोजे वैंसों से हो गयी थी...'

वह उन्हें देख रही थी और उसकी मुस्कुराहट में एक तरह की झेंप थी ताकि वह इस शादी के लिए उसे माफ़ कर दें?

'आजकल वह पेरिस में कम ही रहते हैं...मुझे लगता है कि वह तुम्हें देखकर खुश होंगे...मैंने उन्हें हाल ही में फ़ोन किया और बताया था कि तुमने एक किताब लिखी है...'

सैं-ल-ला-फौरे में किसी दोपहर रोजे वैंसों अपनी कनवर्टिबल अमरीकन कार में उसे लेने स्कूल के गेट पर आए थे। यह कार एरमीताज मार्ग पर बिना मोटर के शोर-शराबे के बढ़ी जा रही थी।

'मैंने अभी तक तुम्हारी किताब अंत तक नहीं पढ़ी है...शुरू करते ही मैंने वह हिस्सा पढ़ा जिसमें फ़ोटोबूथ का ज़िक्र था...। दरअसल, मैं उपन्यास कभी नहीं पढ़ती...'

ऐसा लगता था, जैसे वह माफ़ी माँग रही हो, जैसा कि उसने अभी-अभी अपनी शादी के बारे में बताने के समय किया था। नहीं, नहीं, 'पूरी किताब' पढ़ने की क्या ज़रूरत है, जबकि अब दोनों सोफ़े पर आस-पास बैठे हैं।

'तुमने यह ज़रूर सोचा होगा कि तुम्हारा पता मुझे कैसे मिला...मेरी एक व्यक्ति से मुलाकात हुई जिसने पिछले साल अपनी गाड़ी में तुम्हें तुम्हारे घर पर छोड़ा था...'

उसकी भौंहें सिकुड़ रही थीं और लगता था कि नाम याद करने की कोशिश कर रही थी। पर दारागान को पता था!

'गी तौर्संतेल?'

'हाँ...गी तौर्संतेल...'

ऐसा क्यों होता है कि आप जिनके अस्तित्व के बारे में नहीं जानते, जिनसे आपकी मुलाकात एक बार होती है और फिर आप उनसे कभी नहीं मिलेंगे, वे लोग नेपथ्य में रहकर आपकी ज़िन्दगी में एक महत्त्वपूर्ण भूमिका अदा करते हैं? उस व्यक्ति की वजह से उन्हें आनी आस्त्राँ फिर मिली थी। उन्होंने तौर्संतेल का शुक्रिया अदा किया।

'मैं उस व्यक्ति को बिलकुल भूल गयी थी...वह इस क्षेत्र में रहता होगा...उसने मुझे रास्ते में पुकारा...और कहा कि 15 साल पहले वह सैं-ल-

ला-फौरे वाले घर में आ चुका है...'

सम्भवत: पिछले साल पतझड़ के मौसम में रेसकोर्स में तौर्सतेल से मुलाकात की उनकी याद ताज़ा हुई। तौर्सतेल ने सैं-ल-ला-फौरे वाले घर की बात की थी। जब तौर्सतेल ने दारागान को यह कहा था—'मुझे याद नहीं आ रहा कि पेरिस के पास वह कौन-सी जगह थी।' इसके अतिरिक्त : 'वह बच्चा शायद आप थे।' दारागान की उन्हें जवाब देने की इच्छा नहीं हुई थी। बहुत समय से उन्होंने न तो आनी आस्त्राँ के बारे में सोचा था और न ही सैं-ल-ला-फौरे के बारे में। हालाँकि, उस मुलाकात की वजह से पुरानी बातें, जिन्हें वह अनजाने में ही सही, याद करने से कतराते थे, अचानक से याद आने लगीं। आखिरकार, ऐसा हो ही गया। उनके दिमाग में उन यादों ने जड़ें जमा ली थीं। उसी शाम वह अपनी किताब लिखने बैठ गए।

'उसने मुझे बताया कि उससे तुम्हारी मुलाकात रेसकोर्स में हुई थी...'

वह ऐसे मुस्कुरा रही थी, मानो उनकी टाँग खींच रही हो।

'मैं आशा करती हूँ कि तुम तो जुआ नहीं खेलते।'

'नहीं, नहीं। बिलकुल नहीं।'

वह, और जुआरी ? वह कभी समझ नहीं पाए कि कैसे ये सारे लोग कसीनो में मेज़ के चारों तरफ़ इतनी देर चुपचाप स्थिर मुर्दे की तरह जमे रहते हैं। और जब-जब भी पोल जुआ जीतने के फ़ार्मूले के बारे में उन्हें बताता, उनका ध्यान कहीं और भटक जाता था।

'जुआरियों का अंजाम कभी अच्छा नहीं होता, बेटे जाँ।'

शायद इस विषय पर उसकी अच्छी-खासी पकड़ थी। सैं-ल-ला-फौरे वाले घर में वह अक्सर देर से लौटती और जाँ को तब तक नींद नहीं आती, जब तक वह लौटती नहीं। जब उसकी कार के पहिए के बजरी पर पड़ने से आवाज़ होती और इंजन की आवाज़ जिसके बारे में पता था कि बन्द होने वाली है, तो कितना सुकून मिलता। और बरामदे में उसकी पदचाप...दो बजे रात तक वह पेरिस में क्या करती थी ? शायद जुआ खेलती थी। इतने सालों बाद आज जब वह बच्चा नहीं रहे, तो यह सवाल उन्होंने पूछ लिया होता।

'मुझे समझ नहीं आया कि वह शख़्स, तौर्सतेल करता क्या है...मेरे ख़याल से पाले रोयाल में वह पुरातत्व वस्तुओं का विक्रेता है...'

देखकर यही लगता था कि उसे यह नहीं सूझ रहा था कि वह उनसे क्या कहे। उन्होंने उसे आश्वस्त करने के लिए कुछ किया होता। उन्हीं की तरह उसे भी उन दोनों के बीच एक साये का आभास हुआ होगा, जिसके बारे में दोनों में से कोई भी बात नहीं कर सकता था।

'तो अब तुम एक लेखक हो गए हो?'

वह मुस्कुरायी थी और उन्हें ऐसा लग रहा था जैसे कोई ताना दे रहा हो। लेखक। वह उसे साफ़-साफ़ बता क्यों नहीं देते कि उन्होंने *Le Noir de L'ètè* एक गुमशुदा की तलाश के इश्तिहार की तरह लिखा था? ताकि किस्मत यदि उनका साथ देगी तो आनी आस्त्राँ का ध्यान उस पुस्तक पर जाएगा और वह कोई-न- कोई संदेश भेजेगी, जिससे उसके जीवित होने का पता चलेगा। यही सोचा था उन्होंने। इससे अधिक कुछ नहीं।

दिन ढल रहा था, लेकिन वह अपने बगल में रखे लैंप को नहीं जला रही थी।

'मैंने तुम्हें पहले संदेश भेजा होता पर मेरी ज़िन्दगी में कुछ हलचल रही है...'

यह कहने की बजाय कि 'हलचल थी,' उसने कहा था 'हलचल रही है...' मानो उसने ज़िन्दगी पूरी जी ली हो।

'मुझे यह जानकर आश्चर्य नहीं हुआ कि तुम लेखक हो गए हो। जब तुम छोटे थे, सैं-ल-ला-फौरे में, तो बहुत पढ़ते थे...'

दारागान को अच्छा लगता यदि वह अपनी ज़िन्दगी के बारे में उन्हें बताती, पर वह शायद बताना नहीं चाहती थी। वह सोफ़े पर ऐसे बैठी थी कि उसका चेहरा बगल से दीख रहा था। इतने साल बीतने के बावजूद एक साफ़ छवि उन्हें याद आयी। जब वह बच्चे थे, एक दोपहर अपनी कार के स्टीयरिंग व्हील के सामने आनी इसी तरह से बैठी थी, पीठ सीधी, चेहरा बगल से दीख रहा था और वह उसकी बगल में बैठे थे। गाड़ी सैं-ल-ला-फौरे के घर के फाटक के सामने खड़ी थी। उन्हें उसके दायें गाल पर ढुलकते हुए आँसू की एक बूँद, मुश्किल से नज़र आयी थी। उसने कोहनी से एक झटके में आँसू पोंछ लिए थे। फिर उसने इंजन स्टार्ट कर दिया, मानो कुछ हुआ ही न हो।

'पिछले साल मैं एक ऐसे शख़्स से मिला,' दारागान ने कहा, 'जो तुम्हें जानता था...सैं-ल-ला-फौरे के दिनों से...'

उनकी ओर मुड़कर उसने उन्हें सशंकित नज़रों से देखा।

'कौन?'

'कोई जाक परैं-द-लारा नाम का शख़्स था।'

'नहीं, मुझे ऐसा कोई नाम याद नहीं...सैं-ल-ला-फौरे में रहने के दौरान मैं न जाने कितने लोगों से मिली हूँ...'

'और बॉब ब्यून्याँ, कुछ याद है?'

'नहीं, बिलकुल नहीं।'

वह उनके नज़दीक आयी थी और उनके ललाट को सहला रही थी।

'इस दिमाग में क्या चल रहा है, जाँ बेटे? तुम मुझसे पूछताछ करना चाहते हो?'

वह उन्हें आँखों में आँखें डालकर देख रही थी। नज़रों में धमकी नहीं थी। बस थोड़ी-सी चिन्ता। फिर से वह उनका ललाट सहला रही थी।

'दरअसल...मेरी याददाश्त बहुत कमज़ोर हो गयी है...'

परैं-द-लारा के कहे हुए शब्द उन्हें याद आए—'मैं केवल इतना कह सकता हूँ कि वह जेल होकर आयी थी।' यदि वह इस बात को दुहराएँगे तो उसे बहुत आश्चर्य होगा। वह कंधे झटकाएगी और कहेगी—'उन्होंने मुझे कोई और औरत समझ लिया होगा' या फिर, 'और तुमने मान लिया, जाँ बेटे?' और शायद वह सच बोल रही हो। ज़िन्दगी के ऐसे वाकये हम भूल जाते हैं, जो हमें परेशान करते हैं या जो अत्यंत कष्टदायक होते हैं। हमें बस गहरे पानी में चित लेटकर आँखें मूंदकर बहते चले जाना होता है। ग्रेज़ीव्होदाँ स्क्वेयर की बिल्डिंग के नीचे कैफ़े में एक डॉक्टर से उनकी बात हुई थी, जिसने बताया था कि इसका सम्बन्ध स्वैच्छिक विस्मृति से होना ज़रूरी नहीं है। इस शख़्स ने एक छोटी किताब हस्ताक्षर करके उन्हें दी थी, जो उसने प्रेस यूनिवर्सितैर द फ्रांस से छपवायी थी।

'तुम जानना चाहते हो या मैं बताऊँ कि मैं तुम्हें फ़ोटोबूथ क्यों लेकर गयी थी?'

दारागान को एहसास हुआ कि वह इस वाकये को खुशी-खुशी नहीं बता

रही थी। पर शाम ढल रही थी और इस ड्रॉइंग रूम के हल्के अँधेरे में मन की बात कही जा सकती थी।

'सीधी-सी बात है...चूँकि तुम्हारे माता-पिता थे नहीं, मैं तुम्हें अपने साथ इटली ले जाना चाहती थी...पर इसके लिए तुम्हें पासपोर्ट की आवश्यकता थी...'

पीले गत्ते के सूटकेस में जिसे वह कुछ सालों से इस कमरे से उस कमरे ढोते फिरते थे और जिसमें कक्षा की नोटबुक्स, सर्टीफ़िकेट्स, बचपन में मिले पोस्टकार्ड और किताबें, जो वह उन दिनों पढ़ते थे—*Arbre, mon ami, Le Cargo du mystère, Le Cheval sans tête, Les Mille et une Nuits*, शायद उनके नाम का गहरे नीले रंग का एक पुराना पासपोर्ट था, जिस पर फ़ोटोबूथ से खींची गयी एक फ़ोटो लगी थी। पर वह सूटकेस कभी नहीं खोलते थे। उस पर ताला लगा था और उसकी चाबी कहीं गुम हो गयी थी। पासपोर्ट की तरह, शायद।

'तो, मैं तुम्हें इटली नहीं ले जा सकी...मुझे फ्रांस में रहना पड़ा...हमने कुछ दिन कोत दाज़्यूर में बिताये...और उसके बाद तुम अपने घर लौट गए...'

उनके पिता उन्हें खाली घर में लेने के लिए आए और उन लोगों ने पेरिस लौटने वाली ट्रेन पकड़ ली थी। 'अपने घर' से उसका क्या तात्पर्य था? दिमाग पर बहुत ज़ोर डालने के बावजूद उन्हें रत्ती भर भी उसका ध्यान नहीं आया जिसे प्रचलित भाषा में लोग 'अपना घर' कहते हैं। ट्रेन सुबह-सुबह गार द लियों स्टेशन पर पहुँची थी। फिर हॉस्टल में रहने का एक अंतहीन सिलसिला।

'जब मैंने तुम्हारी किताब में वह हिस्सा पढ़ा, मैंने अपने कागज़ात में खोजा तो मुझे फ़ोटोबूथ से खींची गयी फ़ोटो मिली...'

दारागान को 40 सालों से भी ज्यादा समय तक इंतज़ार करना होगा ताकि इस जोखिम भरे अनुभव के एक और तथ्य का पता चले—'अनजान बच्चे' की फ़ोटोबूथ से ली गयी फ़ोटो जिसे वैंतीमील की सीमा चौकी पर तलाशी के दौरान बरामद किया गया था। 'उस औरत के बारे में बस मुझे इतना पता है,' परैं-द-लारा ने कहा था, 'कि वह जेल होकर आयी है।' तो निश्चित रूप से उसके जेल से रिहा होने पर फ़ोटोबूथ से ली गयी फ़ोटो और तलाशी के दौरान मिलीं दूसरी वस्तुएँ लौटा दी गयी होंगी। पर वहाँ सोफ़े पर बैठे दारागान को इस तथ्य का पता नहीं था। अपनी ज़िन्दगी का एक ऐसा वाकया जिसे आपके

नज़दीकी व्यक्ति ने आपसे छिपाया है, आपको इतनी देर से पता चलता है कि उसके बारे में बात करना मुश्किल है। क्या सचमुच उसने आपसे वह वाकया छिपाया है? वह भूल गया है, या फिर इतना वक्त बीत गया है कि वह उसके बारे में नहीं सोचता। या यों कहें कि उसे शब्द नहीं मिल पा रहे।

'अफ़सोस कि हम इटली नहीं जा पाए,' दारागान ने मुस्कुराहट बिखेरते हुए कहा।

उन्हें एहसास हुआ कि वह कुछ राज़ की बात बताना चाहती है। पर उसने हल्के से सिर झटका मानो बुरे ख़यालों या बुरी यादों से दूर हटना चाहती हो।

'तो तुम ग्रेज़ीव्होदाँ स्क्वेयर में रहते हो?'

'दरअसल, अब तो नहीं। मुझे किसी और मुहल्ले में एक किराये का कमरा मिल गया है।'

उन्होंने ग्रेज़ीव्होदाँ स्क्वेयर के कमरे, जिसका मालिक पेरिस से बाहर रहता था, की चाबी रखी हुई थी। अत: वहाँ चोरी-छिपे कभी-कभी वह जाते थे। दो अलग-अलग जगह आश्रय रखने के ख़याल से उन्हें सुकून मिलता था।

'हाँ, प्लास ब्लांश के पास एक कमरा...'

'ब्लांश में?'

इस शब्द से लगता था कि उसे किसी जानी-मानी जगह का बोध हो रहा था।

'एक दिन तुम मुझे अपने कमरे में ले चलोगे?'

लगभग रात हो चली थी और उसने लैंप जला दिया। दोनों उस रोशनी के घेरे के बीचोबीच बैठे थे और ड्रॉइंग रूम में हल्का अँधेरा छाया हुआ था।

'प्लास ब्लांश के इलाके को मैं भली-भाँति जान गयी हूँ...मेरा भाई पियेर तुम्हें याद है?...वहाँ उसका गैराज था।'

एक काले बालों वाला आदमी। वह कभी-कभी सैं-ल-ला-फौरे के छोटे कमरे में सोता था, बायीं तरफ़, बरामदे के छोर पर, जिसकी खिड़की प्रांगण और कुएँ की तरफ़ खुलती थी। दारागान को उसका फर वाला जैकेट और रेनॉल्ट कम्पनी की पुरानी मॉडल वाली कार याद थी। एक रविवार को, आनी का वह भाई, उस समय के बाद से वह उसका प्रथम नाम भूल गये थे—उन्हें मेदरानो सर्कस लेकर गया था। फिर वे लोग उस रेनॉल्ट कम्पनी की गाड़ी में सैं-ल-ला-फौरे वापस आए थे।

'जब से मैं यहाँ रहती हूँ, मेरी मुलाकात पियेर से नहीं हुई...'

'अजीब जगह है,' दारागान ने कहा।

वह शीशे की खिड़की की तरफ़ देख रहे थे—एक बड़ी-सी काली स्क्रीन जिसके पीछे अब पेड़ के पत्ते नहीं दीख रहे थे।

'यहाँ, हम दुनिया के छोर पर हैं, जाँ बेटे। तुम्हें नहीं लगता?'

शांत सड़क और रेलिंग जहाँ सड़क खत्म हो जाती थी, पर वह थोड़ी देर पहले अचम्भित हुए थे। अँधेरा छाने पर, कल्पना की जा सकती थी कि बिल्डिंग जंगल के किनारे है।

'रोजे वैंसों ने ही युद्ध के बाद इस मकान को किराये पर लिया था...इसकी ज़ब्ती हुई थी...यह उन लोगों का घर था, जिन्हें फ्रांस छोड़ना पड़ा था... दरअसल, रोजे वैंसों ऐसे उल्टे-सीधे काम करते रहते हैं...'

वह 'रोजे वैंसों' कह रही थी और भूलकर भी संक्षेप में 'रोजे' नहीं। यहाँ तक कि दारागान भी बचपन में 'गुड मॉर्निंग रोजे वैंसों' कहकर उसका अभिवादन करते थे।

'मैं यहाँ नहीं रह सकती...इस मकान को किसी दूतावास को दिया जाएगा या तोड़ दिया जाएगा...कभी-कभी यहाँ अकेले मुझे डर लगता है...निचली मंज़िल और दूसरी मंज़िल पर कोई नहीं रहता...और रोजे वैंसों यहाँ शायद ही कभी रहते हैं।'

वह वर्तमान के बारे में बात करना चाह रही थी और दारागान इस बात को बखूबी समझते थे। वह सोच रहे थे कि यह औरत क्या वही है जिसे वे बचपन में जानते थे, सैं-ल-ला-फौरे में। और वह कौन थे? चालीस साल बाद, जब फ़ोटोबूथ में खींची गयी फ़ोटो उनके हाथ लगी थी, उन्हें पता भी नहीं चला कि वह वही थे, वही बच्चा।

≈

बाद में, वह अपने घर के बिलकुल करीब उन्हें डिनर पर ले जाना चाहती थी और संयोगवश वे लोग रेस्तराँ शोशे द ला म्यूएत पहुँच गए थे। वे बैठे हुए थे, रेस्तराँ के पिछले भाग में, आमने-सामने।

'मुझे याद आ रहा है कि सैं-ल-ला-फौरे में हम दोनों कभी-कभी रेस्तराँ में जाते थे,' दारागान ने उससे कहा।

'पक्का ?'

'रेस्तराँ का नाम था ल शाले द लेरमीताज।'

यह नाम बचपन में उनके दिमाग में कौंधा था, क्योंकि उस सड़क का नाम भी वही था।

वह कंधे झटक रही थी।

'ताज्जुब है...मैं एक बच्चे को लेकर रेस्तराँ नहीं गयी हूँगी...'

उसने इतनी गम्भीरता से यह बात कही थी कि दारागान को आश्चर्य हुआ।

'सैं-ल-ला-फौरे वाले घर में क्या तुम ज्यादा दिनों तक रही थीं ?'

'नहीं,...रोजे वैंसों ने उसे बेच दिया...दरअसल, वह घर रोजे वैंसों का था।'

उन्होंने हमेशा यही समझा था कि वह घर आनी आस्त्राँ का था। उन दिनों यह प्रथम नाम और उपनाम एक-दूसरे से जुड़े हुए लगते थे—आनी आस्त्राँ।

'मैं लगभग एक साल वहाँ रहा, है ना ?'

यह सवाल यूँ ही उनकी ज़बान से फिसल गया था। उन्हें संदेह था कि वह इसका जवाब नहीं देगी।

'हाँ...एक साल...मुझे ठीक-ठीक याद नहीं...तुम्हारी माँ चाहती थी कि तुम्हें अपने देश का हवा-पानी लगे...मुझे लगता था कि वह तुमसे पीछा छुड़ाना चाहती थी...'

'तुम उसे कैसे जानती थीं ?'

'ओह...दोस्तों के माध्यम से...उन दिनों मैं न जाने कितने लोगों से मिला करती थी...'

दारागान समझ गए कि वह सैं-ल-ला-फौरे के दौर के बारे में कुछ खास नहीं बताएगी। बेहतर होगा कि वह अपनी कुछ गिनी-चुनी, भूली-बिसरी यादों से ही संतुष्ट हो लें जिनके बारे में वह पक्के तौर पर कुछ नहीं कह सकते, क्योंकि अभी-अभी उसने कहा था कि वह एक बच्चे को लेकर रेस्तराँ नहीं गयी होगी।

'माफ़ करना, बेटे जाँ...मैं अतीत के बारे में शायद ही कभी सोचती हूँ...'

थोड़ी देर के लिए वह चुप हुई और फिर—

'वह मेरे लिए मुश्किल घड़ियाँ थीं...मुझे नहीं पता कि तुम्हें कोलेत के बारे में याद है या नहीं?'

इस प्रथम नाम को सुनकर उनके मस्तिष्क में एक धुँधली-सी स्मृति जागी, इतनी सूक्ष्म जैसे किसी दीवार पर एक झटके से कोई परछाईं गुज़री हो।

'कोलेत...कोलेत लोरों...सैं-ल-ला-फौरे में, मेरे शयन कक्ष में उसकी एक फ़ोटो हुआ करती थी...उसने चित्रकारों के लिए मॉडल का काम किया था...वह किशोरावस्था से मेरी सहेली थी...'

उन्हें दो खिड़कियों के बीच में टँगी पेंटिंग भली-भाँति याद आ रही थी। कोहनी मेज़ पर रखकर बैठी हुई लड़की, उसकी ठुड्डी उसकी हथेली में।

'पेरिस के एक होटल में उसकी हत्या हो गयी...आज तक पता नहीं चला कि हत्या किसने की...वह अक्सर सैं-ल-ला-फौरे आती थी...'

जब दो बजे रात में आनी पेरिस से लौटी थी, उन्होंने कई बार बरामदे में ठहाके की गूँज सुनी थी। इसका मतलब यह हुआ कि वह अकेली नहीं थी। फिर, कमरे का दरवाज़ा बंद था और दीवारों के पार से फुसफुसाहट सुनाई दे रही थी। एक सुबह वे लोग आनी की गाड़ी में कोलेत के साथ पेरिस गए थे। कोलेत आगे आनी की बगल में बैठी हुई थी और वह अकेले पिछली सीट पर बैठे थे। वे लोग कोलेत के साथ शाँज़ेलीज़े के बाग में टहले थे, जहाँ डाक टिकट का बाज़ार लगता था। वे लोग एक स्टॉल पर रुके थे और कोलेत लोरों ने उन्हें डाक टिकट का एक पैकेट भेंट किया था, जिन पर अलग-अलग रंगों में मिस्र के राजा का चित्र बना था। उस दिन के बाद से उन्होंने टिकट संग्रह करना शुरू किया था। एलबम जिसमें वह पारदर्शी कागज़ की पट्टियों के पीछे समय-समय पर टिकटों को पंक्तिबद्ध लगाते जाते थे, वह एलबम शायद गत्ते के सूटकेस में सुव्यवस्थित रखा हुआ था। पिछले दस सालों से उन्होंने वह सूटकेस नहीं खोला था। वह सूटकेस को छोड़ न सके, पर उसकी चाबी गुम होने पर उन्हें राहत मिली थी।

किसी और दिन, वे लोग कोलेत लोरों के साथ मोंमोरेन्सी के जंगल की दूसरी तरफ़ एक गाँव में गए थे। आनी ने अपनी गाड़ी एक तरह के छोटे दुर्ग के सामने लगायी थी और उसने उन्हें बताया था कि यह वही आवासीय स्कूल है, जहाँ उसका परिचय कोलेत लोरों के साथ हुआ था। कोलेत और आनी ने

उनके साथ प्रधानाध्यापिका की देख-रेख में बोर्डिंग स्कूल घूमा था। कक्षाएँ और सामूहिक शयन-कक्ष खाली पड़े थे।

'तो कोलेत तुम्हें याद नहीं?'

'कैसी बात करती हो, बिलकुल याद है,' दारागान ने कहा। 'तुम्हारी मुलाकात बोर्डिंग स्कूल में हुई।'

उसने उन्हें अचम्भे से देखा।

'तुम्हें कैसे पता?'

'एक दोपहर तुम लोग मुझे अपने पुराने बोर्डिंग स्कूल घुमाने ले गई थीं।'

'पक्का? मुझे तो कुछ याद नहीं।'

'वह स्कूल मोंमोरेन्सी के जंगल की दूसरी तरफ़ है।'

'मैं तुम्हें कोलेत के साथ लेकर वहाँ कभी नहीं गयी...'

वह उसकी बात नहीं काटना चाहते थे। उस डॉक्टर ने जो अपनी कृति हस्ताक्षर करके दी थी, सफ़ेद जिल्द वाली उस छोटी-सी पुस्तिका में विस्मृति पर कुछ स्पष्टीकरण मिलेगा।

~

वे रानलाग बाग से लगे फुटपाथ पर चल रहे थे। रात, पेड़ और आनी की उपस्थिति के कारण, जिसने उनका हाथ पकड़ा हुआ था, उन्हें ऐसा लग रहा था मानो मोंमोरेन्सी के जंगल में पिछली बार की भाँति ही वह आनी के साथ टहल रहे हैं। किसी जंगल के चौराहे पर उसने कार रोकी और वे लोग फोसोम्ब्रोन के तालाब तक चले जा रहे थे। उन्हें कुछ नाम याद आ रहे थे—शेन ओ मूश का चौराहा। कारफुर द ला पैंत। उनमें से एक नाम से उन्हें डर लगता था—क्वा द्यू प्रेंस द कौन्दे। उस छोटे-से स्कूल में जहाँ आनी ने उनका नामांकन कराया था और जहाँ वह साढ़े चार बजे अक्सर उन्हें लेने आती थी, शिक्षिका ने उस राजकुमार के बारे में बताया था जिसे सैं-ल दुर्ग के शयन कक्ष में फाँसी लगी हुई हालत में पाया गया था और उसकी मृत्यु की ठीक-ठीक परिस्थिति के बारे में कभी पता नहीं चल पाया था। वह उस राजकुमार को कौन्दे वंश का सबसे अंतिम राजकुमार कहती थी।

'क्या सोच रहे हो, जाँ बेटे ?'

उसने अपना सिर उनके कंधे पर रखा हुआ था और दारागान को यह कहने की इच्छा हुई कि वह 'कौन्दे वंश के अंतिम राजकुमार' के बारे में, स्कूल के बारे में और जंगल की सैर के बारे में सोच रहे थे। पर उन्हें आशंका थी कि वह उन्हें कहेगी—'नहीं, तुम गलत बोल रहे हो...मुझे उसके बारे में बिलकुल याद नहीं।' वह भी पिछले पन्द्रह सालों में सब भूल चुके थे।

'अच्छा होगा कि तुम मुझे अपना कमरा दिखाने ले चलो...। दोबारा प्लास ब्लांश के मुहल्ले में तुम्हारे साथ जाकर मुझे अच्छा लगेगा...'

शायद उसे याद था कि उन लोगों ने दक्षिणी फ्रांस के लिए ट्रेन पकड़ने के पहले कुछ दिन इस मुहल्ले में बिताये थे। पर, वह इस बारे में उससे सवाल करना नहीं चाहते थे।

'वह कमरा तुम्हें बहुत छोटा लगेगा,' दारागान ने कहा। 'दूसरी बात यह कि उसमें हीटिंग नहीं है...'

'कोई बात नहीं...तुम सोच भी नहीं सकते कि जब मैं इस इलाके में अपने भाई पियेर के साथ रहती थी तो कैसे हम लोग जाड़े की ठंड में ठिठुरते थे।'

और कम-से-कम यह स्मृति उसके लिए कष्टदायक नहीं थी, क्योंकि वह ठठाकर हँसी थी।

वे लोग रास्ते के छोर तक पहुँच चुके थे, पोर्त द ला म्यूएत के करीब। वह सोच रहे थे कि कहीं यह पतझड़ के मौसम में पत्तों और भीगी मिट्टी की गंध ब्वा द बुलोन्य से तो नहीं आ रही। या फिर, काल की सीमा लाँघकर, मोंमोरेन्सी के जंगल से।

उन्होंने एक लम्बा रास्ता लिया था और वहाँ वापस पहुँच गए थे जिसे वह व्यंग्यार्थ में 'निवास' कहती थी। जैसे-जैसे वे दोनों टहलते जा रहे थे, दारागान को लग रहा था कि वे मधुर स्मृति-लोप से घिरे जा रहे हैं। आखिर में वह सोचने लगे कि कब से इस अजनबी के साथ हैं। वह शायद उससे अभी-अभी बाग के रास्ते में मिले हैं या इनमें से किसी बिल्डिंग के सामने, जिसकी दीवार पर खिड़कियाँ नहीं हैं। और संयोगवश उन्हें रोशनी दीखती तो वह हमेशा किसी आखिरी मंज़िल की खिड़की से आ रही होती, मानो कोई बहुत पहले जलाकर उसे बुझाना भूल गया हो।

उसने दारागान की बाँह को कसकर पकड़ा हुआ था और ऐसा लग रहा था कि वह उनकी उपस्थिति का यकीन करना चाहती थी।

'मैं जब भी इस वक़्त पैदल अपने घर लौटती हूँ, तो डर लगता है...मुझे ठीक-ठीक पता नहीं चल रहा कि मैं अभी कहाँ हूँ...'

यह सही था कि हम 'नो मैन्स लैंड' से गुज़र रहे थे, या यूँ कहें कि एक ऐसे तटस्थ क्षेत्र से जो बाकी दुनिया से कटा हुआ था।

'फ़र्ज़ करो कि तुम्हें सिगरेट का एक पैकेट खरीदने की ज़रूरत है या एक दवाखाना, जो रात में खुला हो...यहाँ बहुत मुश्किल है यह सब...'

फिर से वह ठठाकर हँस रही थी। उसकी हँसी और उन लोगों की पदचाप इन सड़कों पर गूँज रही थी, जिनमें से कोई एक सड़क किसी भूले-बिसरे लेखक के नाम पर थी।

अपने कोट की जेब से उसने चाबियों का एक गुच्छा निकाला और उन चाबियों में से कई चाबियाँ बारी-बारी से ताले में लगाने के बाद कहीं जाकर असली चाबी मिली।

'जाँ...तुम मेरे साथ ऊपर तक चलोगे... ? मुझे भूतों से डर लगता है...'

वे लोग प्रवेश द्वार के पास थे जहाँ फ़र्श पर सफ़ेद और काले पत्थर लगे थे। उसने दो पल्ले वाला एक दरवाज़ा खोला।

'क्या तुम चाहते हो कि मैं तुम्हें निचली मंज़िल दिखाऊँ?'

एक के बाद एक खाली कमरे। चमकदार लकड़ी के फ़र्श और शीशे की बड़ी-बड़ी खिड़कियाँ। छत के ठीक नीचे दीवारों पर लगे लैंपों से सफ़ेद रोशनी आ रही थी।

'यह ड्रॉइंग रूम रहा होगा, यह डाइनिंग हॉल और यह लाइब्रेरी...किसी ज़माने में रोजे वैंसों ने इसे गोदाम बनाया हुआ था...'

वह दरवाज़ा बंद कर रही थी, उसने उनका हाथ पकड़ा और वह उन्हें सीढ़ियों की ओर ले जा रही थी।

'तुम दूसरी मंज़िल देखना चाहते हो?'

उसने फिर से एक दरवाज़ा खोला और रोशनी जलायी जो छत की दीवारों में लगे वैसे ही लैंपों से आ रही थी। निचली मंज़िल की ही तरह यह भी खाली कमरा था। उसने एक बड़ी खिड़की के पैनल को खिसकाया, जिसका शीशा

चटक गया था। एक बड़ी बालकनी बगीचे के पेड़ों के बीच से दिखाई दे रही थी।

'यह पिछले मकान मालिक का जिम था...जो युद्ध से पहले यहाँ रहता था...'

दारागान ने फ़र्श में छेद देखे, फ़र्श कार्क की तरह लग रहा था। दीवार पर लकड़ी का एक शोकेस लगाया गया था, जिसके खाँचे में छोटे डम्बल रखे हुए थे।

'यहाँ भूत ही भूत हैं...मैं यहाँ अकेली कभी नहीं आती।'

पहली मंजिल पर, दरवाज़े के सामने, उसने दारागान के कंधे पर हाथ रखा।

'जाँ...क्या आज रात तुम मेरे साथ रह सकते हो?'

वह एक कमरे की ओर दारागान को ले जा रही थी, जो ड्रॉइंग रूम के तौर पर इस्तेमाल होता था। उसने बत्ती नहीं जलाई थी। सोफ़े पर वह झुकी और दारागान के कान में फुसफुसाई—

'जब मैं यहाँ से निकलूँगी क्या तुम तब मुझे प्लास ब्लांश वाले अपने कमरे में ले चलोगे?'

वह दारागान का ललाट सहला रही थी। फिर वैसी ही धीमी आवाज़ में—

'मान लो कि हम पहले एक-दूसरे को जानते ही नहीं थे। यह आसान है...'

हाँ, वैसे यह सब आसान था, क्योंकि उसने दारागान को बताया था कि उसने अपना उपनाम बदल लिया था और प्रथम नाम भी।

लगभग 11 बजे रात उनके अध्ययन कक्ष में घंटी बजी, पर उन्होंने फ़ोन नहीं उठाया और इंतज़ार किया कि कोई संदेश आन्सरिंग मशीन पर आएगा। साँस लेने की आवाज़, पहले नियमित, फिर रुक-रुककर और दूर से आ रही एक आवाज़ जिसके बारे में उन्होंने सोचा कि यह एक औरत की आवाज़ है या मर्द की। एक कराह। फिर से साँस लेने की आवाज़ और दो आवाज़ें आपस में गड्डु-मड्डु और फुसफुसाहट, पर कोई शब्द साफ़ नहीं। अंतत: उन्होंने आन्सरिंग मशीन बंद कर दी और फ़ोन की तार निकाल दी। किसकी आवाज़ थी? शांताल ग्रीपे? जील ओतोलीनी? दोनों एक ही समय पर साथ-साथ?

उन्होंने अंतत: निश्चय किया कि रात की खामोशी का फ़ायदा उठाकर 'कागज़ात' के सारे पन्नों को दोबारा पढ़ें। पर जैसे ही उन्होंने पढ़ना शुरू किया कि मन खराब होने लगा—वाक्य आपस में उलझ रहे थे और दूसरे वाक्य अचानक से आकर पहले के वाक्यों पर हावी हो रहे थे और इससे पहले कि वे समझ पाते, वे वाक्य गायब हुए जा रहे थे। उनके सामने एक ऐसा पाठ था, जिसमें नई लिखावटें पुरानी लिखावटों को मिटाकर लिखी गई थीं पर मिटने के बाद वे इस तरह से दिखाई देती थीं कि नई लिखावट पुरानी लिखावट से मिल जाती थी और ऐसे हिलने-डुलने लगती थी जैसे सूक्ष्मदर्शी से रोगाणु दीखते हैं। उन्होंने समझा कि इसका कारण थकावट है और उन्होंने आँखें बंद कर लीं।

जब उन्होंने अपनी आँखें फिर से खोलीं तो उनकी नज़र *Le Noir de L'ètè* के उस अंश की फ़ोटोकॉपी पर गई जिसमें गी तौसंतेल का उल्लेख था। यदि फ़ोटोबूथ के प्रसंग को छोड़ दें—एक प्रसंग जो उन्होंने वास्तविक ज़िन्दगी से चुराया था—तो उनकी पहली किताब की उन्हें याद नहीं। बस उन्हें पहले बीस पन्नों की याद थी, जो उन्होंने बाद में छाँट दिये थे। उनके दिमाग में वे पन्ने

किताब के शुरुआती पन्ने थे जो बाद में उन्होंने हटा दिये। उन्होंने पहले अध्याय का एक शीर्षक भी सोच रखा था—'सैं-ल-ला-फौरे में वापसी।' ये बीस पन्ने किस गत्ते के बक्से या किसी पुराने सूटकेस में बन्द थे? या उन्होंने उन पन्नों को फाड़ दिया था? कुछ याद नहीं।

उन पन्नों को लिखने के पहले वह पन्द्रह साल बाद, आखिरी बार सैं-ल-ला-फौरे जाना चाहते थे। यह कोई तीर्थयात्रा नहीं थी, परन्तु इस भ्रमण से उन्हें किताब के शुरुआती पन्ने लिखने में मदद मिलती। जब कुछ महीने बाद उस शाम वह किताब के प्रकाशन के बाद आनी आस्त्राँ से मिले थे, तो इस 'सैं-ल-ला-फौरे में वापसी' के बारे में उन्होंने उसे नहीं बताया था। उन्हें आशंका थी कि वह कंधे झटक कर कहेगी—'कितना अजीब ख़याल है, बेटे जाँ, वहाँ लौटने का...'

इसलिए एक दोपहर, रेसकोर्स में, तौर्सतेल से मिलने के कुछ दिन बाद उन्होंने पोर्त दाज़नियेर के लिए बस पकड़ी थी। उस दौर में ही उपनगर बदल चुका था। जब आनी आस्त्राँ कार में पेरिस से आती थी तो क्या यही रास्ता पकड़ती थी? एरमों स्टेशन के नज़दीक़ रेलवे लाइन के नीचे से बस गुज़र रही थी। फिर भी, चालीस साल से भी पुराना यह सफ़र, वह सोच रहे थे कि कहीं उन्होंने सपना तो नहीं देखा था। बेशक इस अनुभव को उपन्यास के एक अध्याय में उतारने के कारण उन्हें यह भ्रम हो रहा था। उन्होंने सैं-ल-ला-फौरे की मुख्य सड़क पकड़ी थी और फव्वारे वाले चौराहे से गुज़रे थे...पीले रंग का ऐसा कुहरा फैला हुआ था कि उन्होंने सोचा कि वह कहीं जंगल से तो नहीं आया। वह आश्वस्त थे कि आनी आस्त्राँ के समय में एरमीताज मार्ग के अधिकतर घर अभी बने नहीं थे और उनकी जगह दोनों तरफ़ पेड़ होते थे जिनके पत्तों के गुच्छों से मेहराब बनता था। क्या वह सचमुच सैं-ल-ला-फौरे में थे? उन्हें लगा कि उन्होंने घर का वह हिस्सा पहचान लिया है जो सड़क की तरफ़ था और बड़ी ड्योढ़ी जिसके नीचे आनी अक्सर अपनी कार पार्क करती थी। पर थोड़ी दूरी पर चहारदीवारी गायब हो गयी थी और उसकी जगह कंक्रीट की एक लम्बी बिल्डिंग ने ले ली थी।

सामने लोहे के फाटक से सुरक्षित एक एक मंज़िला घर था जिसमें एक बो विंडो, अर्थात् बाहर की ओर निकली हुई गोल खिड़की और आइवी की

लताओं से ढकी हुई सामने की दीवार थी। फाटक पर ताँबे की एक पट्टी—
'डॉक्टर लुई व्हुस्त्रा।' उन्हें याद आया कि एक सुबह स्कूल के बाद आनी उन्हें
उस डॉक्टर के पास लेकर आई थी और एक शाम खुद डॉक्टर उन्हें देखने उनके
कमरे में आए थे, क्योंकि वह बीमार थे।

सड़क के बीचोबीच एक पल के लिए उन्हें झिझक हुई, फिर मन बनाया।
उन्होंने फाटक धकेला तो सामने एक छोटा बगीचा था, फिर सीढ़ी चढ़ी। घंटी
बजाकर इंतज़ार किया। अधखुले दरवाज़े से उन्होंने एक लंबा आदमी देखा,
छोटे सफ़ेद बाल, नीली आँखें। वह पहचान नहीं पा रहे थे।

'डॉक्टर व्हुस्त्रा?'

वह आदमी एकदम से चौंक गया जैसे दारागान ने उन्हें झकझोड़ कर
जगा दिया हो।

'आज के दिन मैं मरीज़ नहीं देखता।'

'मैं बस आपसे बात करना चाहता था।'

'किस विषय में, सर?'

इस प्रश्न में किसी तरह का संशय नहीं। स्वर मधुर था और आवाज़ की
लय जैसे हिम्मत बँधाती थी।

'मैं सैं-ल-ला-फौरे पर एक किताब लिख रहा हूँ...मैं आपसे कुछ सवाल
करना चाहता था।'

दारागान इतने घबराये हुए थे कि उन्हें लगा कि वाक्य बोलते समय वह
लड़खड़ा गए हों। वह व्यक्ति मुस्कुराकर उन्हें देख रहा था।

'आइए सर।'

वह उन्हें एक ड्रॉइंग रूम की ओर ले गए जहाँ चिमनी में आग जल रही
थी और बो विन्डो के सामने एक हत्थेदार कुर्सी की ओर उन्होंने इशारा किया।
वह दारागान की बगल में वैसी ही कुर्सी पर बैठ गए, जिस पर वैसा ही स्कॉटिश
कपड़ा लगा हुआ था।

'और मुझसे मिलने के लिए आपको किसने सुझाया, खास तौर से मुझसे।'

उनकी आवाज़ इतनी गंभीर और इतनी मधुर थी कि वह थोड़े समय में
ही मक्कार से मक्कार और कट्टर से कट्टर अपराधी से सच उगलवा लेते। कम-
से-कम दारागान को तो ऐसा ही लगा।

'ऐसा हुआ कि यहाँ से गुज़रते वक़्त मैंने आपकी नेम-प्लेट देखी। और सोचा कि एक डॉक्टर जहाँ प्रैक्टिस करता है, उस जगह को भली-भाँति जानता है...'

उन्होंने घबराहट के बावजूद साफ़-साफ़ बोलने की कोशिश की और 'गाँव' शब्द का इस्तेमाल न करके, जो उनके दिमाग में सहज रूप से आया था, 'जगह' शब्द का इस्तेमाल बिलकुल ठीक किया था। वैसे भी सैं-ल-ला-फौरे उनके बचपन का गाँव नहीं रह गया था।

'आपने कुछ गलत नहीं सोचा। मैं यहाँ 25 सालों से प्रैक्टिस कर रहा हूँ।'

वह उठे और एक तख्ते की ओर बढ़े जहाँ दारागान को शराब की एक पेटी दिखाई दी।

'आप कुछ पीना चाहेंगे ? थोड़ी पोर्तो वाइन ?'

उन्होंने दारागान की तरफ़ गिलास बढ़ाया और वापस अपनी जगह आकर स्कॉटिश कपड़ा लगी कुर्सी पर उनकी बगल में बैठ गए।

'तो आप सैं-ल-ला-फौरे पर एक किताब लिख रहे हैं ? नेक ख़याल है...'

'ओह...एक विवरणिका...इल-द-फ्रांस के विभिन्न इलाकों के बारे में...'

वह कुछ और तथ्य के बारे में सोच रहे थे जिससे डॉक्टर व्हुस्त्रा के मन में विश्वास पैदा हो।

'उदाहरण के तौर पर, एक पूरा अध्याय कौन्दे के अंतिम राजकुमार की रहस्यमयी मौत को समर्पित है।'

'मैं समझता हूँ कि आप हमारे छोटे शहर का इतिहास अच्छी तरह जानते हैं।'

और डॉक्टर व्हुस्त्रा अपनी नीली आँखों से उन्हें निहार रहे थे और मुस्कुरा रहे थे, जैसा उन्होंने पन्द्रह साल पहले किया था, जब उन्होंने सामने के घर में उनके बेड रूम में उनके सीने पर आला लगाकर जाँच की थी। क्या फ्लू की जाँच की थी या बचपन की किसी ऐसी बीमारी की जिसका पेचीदा नाम होता है ?

'मुझे कुछ दूसरी जानकारियों की आवश्यकता होगी जो ऐतिहासिक नहीं हैं,' दारागान ने कहा। 'कुछ किस्से मसलन, शहर के कुछ बाशिंदों के बारे में...'

उन्हें इस बात पर अचंभा हुआ कि उन्होंने कैसे एक बार में इतना लम्बा वाक्य विश्वास के साथ बोल दिया।

डॉक्टर व्लुस्त्रा ध्यानमग्न लग रहे थे, आँखें लकड़ी के एक लट्ठे पर टिकी हुई थीं, जो चिमनी में धीरे-धीरे जल रहा था।

'हमारे यहाँ सैं-ल-ला-फौरे में कलाकार भी रहे हैं,' उन्होंने सिर हिलाते हुए कहा, मानो याद को ताज़ा कर रहे हों। 'पियानो वादिका वाँदा लाँदोव्सका...और कवि ओलविये लारोंद...'

'आपकी इजाज़त हो तो मैं नाम लिख लूँ?' दारागान ने कहा।

उन्होंने अपने जैकेट की एक जेब से एक बॉल प्वाइंट पेन और काले सूती कपड़े की जिल्द चढ़ी नोटबुक निकाली जो वह अपने साथ हमेशा रखते थे, जब से उन्होंने किताब लिखनी शुरू की थी। उसमें वह कुछ वाक्यांश या उपन्यास में इस्तेमाल होने वाले शीर्षक लिखा करते थे। उन्होंने बहुत लगन से बड़े अक्षरों में लिखा—वाँदा लाँदोव्सका। ओलिविये लारोंद। वह डॉक्टर व्लुस्त्रा को यह दिखाना चाहते थे कि वह अध्ययनशील प्रवृत्ति के हैं।

'इन जानकारियों के लिए शुक्रिया।'

'दूसरे नाम ज़रूर मेरे दिमाग में आएँगे...'

'यह आपका बड़प्पन है,' दारागान ने कहा। 'वैसे क्या आपको एक वाकये के बारे में याद है जो शायद सैं-ल-ला-फौरे में घटा था?'

'एक वाकया?'

शायद डॉक्टर व्लुस्त्रा को यह शब्द सुनकर आश्चर्य हुआ था।

'अपराध नहीं, बेशक...पर कुछ संदेहात्मक जो यहाँ घटा होगा...ठीक आपके घर के सामने वाले घर के बारे में मुझे बताया गया है, जहाँ अजीबोगरीब लोग रहते थे...'

बस, वह असली मुद्दे पर आ गये थे, कुछ ज़्यादा ही जल्दी आ गए थे, जितना सोचा नहीं था।

डॉक्टर व्लुस्त्रा अपनी नीली आँखों से फिर से उन्हें घूर रहे थे। दारागान को उनकी आँखों में संशय दीख रहा था।

'सामने का कौन-सा घर?'

उन्होंने सोचा कि कहीं वह कुछ अनुचित तो नहीं पूछ रहे। पर क्यों,

आखिरकार ? पर क्या वह चेहरे से एक सुलझा हुआ युवक नहीं लग रहे जो सैं-ल-ला-फौरे पर एक विवरणिका लिखना चाहता है ?

'जो कुछ दाहिनी तरफ़ है...बड़ी ड्योढ़ी वाला...'

'आप ला मालाद्ररी (कुष्ठाश्रम) के बारे में बात करना चाहते हैं ?'

उनके दिल में एक टीस-सी उठी, वह यह नाम भूल गए थे। उन्हें थोड़ी देर के लिए ऐसा अनुभव हुआ जैसे घर की ड्योढ़ी के नीचे से गुज़रे हों।

'हाँ, हाँ...ला मालाद्ररी ही...' और इन पाँच शब्दांशों का उच्चारण करते हुए, उन्हें अचानक से बेचैनी हुई या डर, मानो ला मालाद्ररी उनके किसी बुरे सपने से जुड़ा हो।

'ला मालाद्ररी के बारे में आपसे किसने कहा ?'

इस सवाल का जवाब देने के लिए वह तैयार नहीं थे। बेहतर होता कि वह डॉक्टर व्हुस्त्रा को सच बता देते। अब बहुत देर हो चुकी थी। सीढ़ियों पर चढ़ते समय ही उन्हें ऐसा करना चाहिए था।

'आपने मेरा इलाज किया है, बहुत दिनों पहले बचपन में।' नहीं, नहीं, उन्हें बहुरूपिये जैसा महसूस होता और ऐसे जैसे उन्होंने किसी की पहचान चुराई हो। वह बच्चा आज उन्हें अजनबी लगता था।

'एरमीताज रेस्तराँ के मालिक ने मुझे इसके बारे में बताया था...'

अपने कहे पर लीपा-पोती करने के लिए उन्होंने अँधेरे में तीर चलाया था। वह रेस्तराँ अभी भी है क्या और उनकी स्मृति से बाहर उसका अस्तित्व है भी क्या ?

'हाँ, हाँ...एरमीताज रेस्तराँ...मैं सोचता था कि आजकल उसका नाम कुछ और है...आप सैं-ल-ला-फौरे को बहुत दिनों से जानते हैं ?'

दारागान का सिर चकरा रहा था, ऐसा तब होता है, जब आप किसी अपराध को स्वीकार करने जा रहे होते हैं, जिससे आपकी ज़िन्दगी में नया मोड़ आ सकता है। वहाँ ढलान के सबसे ऊपरी हिस्से से बस फिसलते चले जाना होता है, जैसे बच्चों की फिसलने वाली स्लाइड। ला मालाद्ररी के बड़े से बाग के अंतिम छोर पर बेशक मकान मालिकों ने एक स्लाइड लगायी हुई थी जिसके हत्थे पर जंग लगी हुई थी।

'नहीं, यह पहली बार है कि मैं सैं-ल-ला-फौरे आया हूँ।'

बाहर अँधेरा छा रहा था और डॉक्टर व्हुस्त्रा लैंप जलाने और आग कुरेदने के लिए उठे।

'जाड़े जैसा मौसम...आपने अभी-अभी यह कुहासा देखा ?...मैंने अच्छा किया कि आग जला ली...'

वह कुर्सी पर बैठे और दारागान की ओर झुके।

'आपकी किस्मत अच्छी थी कि आज आपने मेरे दरवाज़े की घंटी बजायी...आज मेरे लिए छुट्टी का दिन है...मैं आपको यह भी बता दूँ कि मैं अब मरीज़ों को उनके घर पर देखने कम ही जाता हूँ...'

'मरीज़ों को उनके घर पर देखने' के बारे में कहना कहीं इशारा तो नहीं था कि उन्होंने दारागान को पहचान लिया है ? पर पिछले पन्द्रह सालों में न जाने कितने घरों में मरीज़ देखने डॉक्टर व्हुस्त्रा गए होंगे और कितने ही मरीज़ उनके घर के बरामदे के छोर पर बने उस छोटे कमरे में आए होंगे जो उनका क्लिनिक है, क्या वह हर चेहरे को नहीं पहचान सकते। दूसरी बात कि कोई उस बच्चे और आज के दारागान में किस तरह से सादृश्यता स्थापित कर सकता है ? दारागान ने सोचा।

'दरअसल, ला मालाद्ररी में अजीबोगरीब लोग रहते थे...पर आपको लगता है कि उनके बारे में बात करने का कोई फ़ायदा है ?'

दारागान को महसूस हुआ कि इन चिकनी-चुपड़ी बातों के पीछे कुछ छिपाया जा रहा है। उदाहरण के लिए जैसे से रेडियो पर जब दो स्टेशन एक साथ लग जाते हैं और दो आवाज़ें एक-दूसरे से मिल जाती हैं। उन्हें लगा कि उन्होंने सुना है—'पन्द्रह साल के बाद आप सैं-ल-ला-फौरे क्यों आए ?'

'कहा जा सकता था कि उस घर पर किसी बुरे साये का प्रकोप था... शायद उसके नाम की वजह से...'

'उसका नाम ?'

डॉक्टर व्हुस्त्रा मुस्कुराये।

'आप जानते भी हैं मालाद्ररी का मतलब ?

'अवश्य,' दारागान ने कहा।

वह नहीं जानते थे पर डॉक्टर के सामने यह स्वीकार करने में उन्हें शर्म आ रही थी।

'युद्ध से पहले, उसमें मेरी तरह ही एक डॉक्टर रहते थे, जिन्होंने सैं-ल छोड़ दिया...फिर, जब मैं यहाँ आया, कोई लुसियें फ्यूहरर नाम का शख़्स यहाँ अक्सर आता था...पेरिस में एक रात्रि क्लब का मालिक...वहाँ आने-जाने वालों का ताँता लगा रहता था...उन्हीं दिनों वहाँ अजीबोगरीब लोगों का आना-जाना शुरू हुआ...पचास के दशक के अंत तक...'

अपनी नोटबुक में दारागान धीरे-धीरे डॉक्टर की बातों को नोट कर रहे थे। ऐसा लग रहा था मानो डॉक्टर उनके शुरुआती दिनों की गुत्थी सुलझा रहे थे, उनकी ज़िन्दगी की शुरुआत के साल जो वह भूल चुके थे, सिवाय एक तथ्य के जिसका उन पर गहरा असर था, एक सड़क जिस पर पत्तियों के गुच्छे से मेहराब बनता था, एक इत्र, एक परिचित नाम, पर वह किसका नाम है आपको नहीं मालूम, एक स्लाइड।

'और फिर वह लुसियें फ्यूहरर धीरे-धीरे करके एक दिन गायब हो गया और किसी मिस्टर वैंसों ने यह घर खरीद लिया...रोजे वैंसों, अगर मुझे ठीक-ठीक याद है तो...वह हमेशा सड़क पर अपनी अमरीकन कनवर्टिबल कार पार्क करते थे...'

पन्द्रह साल बाद, दारागान को उस कार का रंग ठीक-ठीक याद नहीं था। मटमैला ? हाँ, ज़रूर। लाल रंग के चमड़े की सीट। डॉक्टर व्हुस्त्रा को याद था कि गाड़ी की छत हटायी जा सकती थी और यदि उनकी याददाश्त अच्छी है तो वह कार के रंग की पुष्टि कर सकते थे—मटमैला। पर उन्हें डर लग रहा था कि ऐसा प्रश्न करने पर उन्हें शक न हो जाए।

'यह बताना मुश्किल है कि उस शख़्स रोजे वैंसों का क्या पेशा था...शायद वही जो लुसियें फ्यूहरर का था...चालीस साल का एक आदमी, जो पेरिस से अक्सर आता था...'

उन दिनों दारागान को ऐसा लगता था कि रोजे वैंसों घर में कभी सोते नहीं थे। वह दिन सैं-ल-ला-फौरे में गुज़ारते थे और रात्रि के खाने के बाद वापस चल देते थे। बिस्तर पर पड़े-पड़े उन्हें कार के स्टार्ट होने की आवाज़ आती थी और यह शोर आनी की कार से अलग था। शोर ज़्यादा होता था और अधिक कर्णभेदी होता था।

'लोग कहते थे कि वह आधा अमरीकन था या वह काफ़ी दिन अमरीका

में रहा था...वह अमरीकन की तरह लगता था...लम्बा...खिलाड़ी जैसी कद-काठी...एक दिन मैंने उसका इलाज किया...मुझे लगता था कि उसकी कलाई की हड्डी खिसक गयी थी...'

दारागान को ऐसा कुछ भी याद नहीं था। रोजे वैंसों की कलाई पर प्लास्टर लगा देखकर उन्हें दुःख होता।

'एक युवती और एक बच्चा भी वहाँ रहते थे...वह युवती एक बच्चे की माँ नहीं लगती थी...मुझे लगता था कि वह बच्चे की बड़ी बहन होगी...वह उस मिस्टर रोजे वैंसों की बेटी रही होगी...'

रोजे वैंसों की बेटी? नहीं, दारागान के दिमाग में तो यह ख़याल आया ही नहीं। रोजे वैंसों और आनी के सम्बन्ध के बारे में उन्होंने कभी खुद से सवाल नहीं किया। ऐसा मान लीजिए, वह अक्सर कहते थे कि बच्चे खुद से सवाल कभी नहीं पूछते। इतने सालों बाद, उस रहस्य से पर्दा उठाने की कोशिश की जा रही है जो उन दिनों रहस्य था ही नहीं जैसे किसी प्राचीन भाषा के अधछिपे लक्षण ज्ञात करने की इच्छा हो रही है जिसके अक्षरों के बारे में पता नहीं।

'उस घर में आने-जाने वालों का ताँता लगा रहता था...कभी-कभी लोग आधी रात को आते...'

उन दिनों दारागान की नींद गहरी होती थी—बचपन की नींद—केवल शाम को छोड़कर, जब उन्हें आनी के लौटने का इंतज़ार होता था। रात-भर वह दरवाजों की आवाज़ें और शोर-शराबा सुना करते थे, पर जल्दी ही फिर से नींद आ जाती थी। फिर, घर बहुत बड़ा था, कई हिस्सों में बँटा था, इस तरह से उनके लिए यह पता करना मुश्किल था कि वहाँ कौन-कौन है। सुबह-सुबह स्कूल के लिए निकलते समय कुछ कारें ड्योढ़ी पर लगी दिखती थीं। बिल्डिंग के उस हिस्से में जहाँ उनका कमरा था, बरामदे की दूसरी तरफ़ आनी का कमरा था।

'और आपके ख़याल में, ये लोग कौन थे?' उन्होंने डॉक्टर क्वुस्त्रा से पूछा।

'उस घर की तलाशी ली गई थी। पर सबके सब चंपत हो गए थे...मुझसे पूछताछ की गयी, क्योंकि मैं उनके बिलकुल पड़ोस में था...ऐसा सुनने में आया कि रोजे वैंसों किसी मामले में लिप्त था जिसे नाम दिया गया था ''द कॉम्बिनेशन''...यह नाम मैंने कहीं पढ़ा तो जरूर था पर मैं आपको बता नहीं

पाऊँगा कि यह किस सम्बन्ध में था...सच पूछिए तो मुझे इन छोटी-मोटी खबरों में कभी दिलचस्पी नहीं रही।'

क्या दारागान उसके बारे में डॉक्टर व्हुस्त्रा से ज्यादा जानने की कोशिश कर रहे थे? किसी बंद दरवाज़े के नीचे से आ रही रोशनी की किरण की हल्की-सी झलक जो संकेत दे रही थी कि वहाँ कोई है। पर दरवाज़ा खोलकर उन्हें पता लगाने की इच्छा नहीं थी कि कमरे में कौन है, बल्कि अलमारी में कौन है। उनके दिमाग में एक अभिव्यक्ति आयी थी—'अलमारी में नर-कंकाल।'

'द कॉम्बिनेशन' शब्द के पीछे क्या छिपा है, उन्हें जानने की इच्छा नहीं थी। बचपन से उन्हें एक ही बुरा सपना आता था—जगने के बाद काफ़ी राहत, मानो वह किसी खतरे से बच निकले हों। फिर बुरा सपना और भी स्पष्ट हो गया था। किसी ऐसे संगीन मामले में उनकी भागीदारी थी या वह उसके गवाह रहे थे जो सुदूर अतीत में घटित हुआ था। कुछ लोगों की गिरफ़्तारी हुई थी। जहाँ तक उनका खयाल है, उनकी पहचान नहीं हो पायी थी। उन्हें हमेशा डर लगा रहता कि जब यह पता चलेगा कि 'दोषियों' से दारागान का सम्बन्ध था, उनसे भी पूछताछ की जाएगी। और उनसे सवालों का जवाब देते नहीं बन पड़ेगा।

'और बच्चे के साथ युवती?' उन्होंने डॉक्टर व्हुस्त्रा से कहा।

उन्हें डॉक्टर से यह सुनकर आश्चर्य हुआ था : 'मुझे लगता था कि वह बच्चे की दीदी थी।' उनकी ज़िन्दगी में शायद एक नई आशा जगी थी और अँधेरे का घेरा छँट रहा था—झूठ-मूठ के माता-पिता जो उनसे छुटकारा चाहते थे, उनके बारे में उन्हें शायद ही कुछ याद था। और सैं-ल-ला-फौरे वाला वह घर...कभी-कभी वह सोचते थे कि वह वहाँ क्या कर रहे थे। कल से वह खोजबीन में लग जाएँगे। और सबसे पहले आनी आस्त्राँ के जन्म प्रमाण-पत्र को खोज निकालेंगे। और अपने जन्म प्रमाण-पत्र को भी, पर टाइपराइटर पर टंकित प्रतिलिपि काफ़ी नहीं होगी और खुद रजिस्टर पलटकर देखेंगे, जहाँ सब कुछ हाथ से लिखा होता है। जो थोड़ी-बहुत पंक्तियाँ उनके जन्म के बारे में लिखी होंगी, वहाँ उन्हें काट-छाँट और फेरबदल मिलेंगे, नाम जिन्हें मिटाने की कोशिश की गयी होगी।

'वह बच्चे के साथ अक्सर अकेली कुष्ठघर में रहती थी...घर की तलाशी के बाद मुझसे उसके बारे में सवाल पूछे गए...जो लोग मुझसे पूछताछ कर रहे

थे, उनके अनुसार वह ''कलाबाज़ नर्तकी'' रही होगी...'

डॉक्टर ने ये दो शब्द—कलाबाज़ नर्तकी—अनमने ढंग से कहे थे।

'बहुत लम्बे समय के बाद पहली बार मैं इस घटना के बारे में किसी से बात कर रहा हूँ...सैं-ल-ला फौरे में मेरे अलावा कोई भी इसके बारे में नहीं जानता था...मैं उनके बिलकुल पड़ोस में था...पर आप समझ रहे होंगे कि उनकी दुनिया और मेरी दुनिया में कोई मेल नहीं था...'

वह दारागान को देखकर मुस्कुरा रहे थे, एक व्यंग्यपूर्ण मुस्कान, और दारागान भी इस बात पर मुस्कुरा रहे थे कि फ़ौजी तरीके से कटे सफ़ेद बाल और गहरी नीली आँखों वाला आदमी जैसा कि वह कह रहा था, उनका सबसे करीबी पड़ोसी था।

'मुझे नहीं लगता कि आप यह सब सैं-ल-ला-फौरे की विवरणिका में शामिल करेंगे...या फिर आपको पुलिस की पुरानी फ़ाइलों में इसके खास ब्यौरे खोजने चाहिए...पर, सच पूछिए तो, इसके लिए इतनी ज़हमत उठाने की ज़रूरत है क्या ?'

इस प्रश्न पर दारागान को आश्चर्य हुआ। क्या डॉक्टर व्हुस्त्रा उन्हें पहचान गए हैं और उनकी मंशा जान गए हैं ? 'सच पूछिए तो, इसके लिए इतनी ज़हमत उठाने की ज़रूरत है क्या ?' डॉक्टर ने यह बात नरमी से कही थी, जैसे कोई पिता झिड़की देता है या कोई दोस्ताना मशविरा—किसी ऐसे व्यक्ति की सलाह, जो आपको बचपन से जानता है।

'नहीं, बिलकुल नहीं,' दारागान ने कहा। 'सैं-ल-ला-फौरे पर लिखी एक साधारण विवरणिका में यह अनावश्यक होगा। ज़्यादा-से-ज़्यादा इस पर उपन्यास लिखा जा सकता है।'

उन्होंने फिसलन भरी ढलान पर पैर रख दिया था, जहाँ से नीचे फिसलना तय था : डॉक्टर व्हुस्त्रा को साफ़-साफ़ बता देना कि उन्होंने उनके दरवाज़े की घंटी क्यों बजायी थी। वह उनसे कह सकते थे—'डॉक्टर साहब, इलाज के लिए आपके क्लिनिक में चलें, जैसा हम लोग पहले किया करते थे...क्या वह क्लिनिक अब भी बरामदे के छोर पर स्थित है ?'

'उपन्यास ? आपको सभी मुख्य किरदारों को जानना होगा। इस घर में कितने आए और गए...जिन लोगों ने मुझसे पूछताछ की, उनके पास एक सूची

थी और हर नाम पढ़ रहे थे...पर मैं उनमें से किसी शख्स को नहीं जानता था...'

दारागान को अच्छा लगता अगर वह सूची उनके हाथ लगती। उस सूची से उन्हें आनी को फिर से खोजने में मदद मिलती पर ये लोग अपने उपनाम, प्रथम नाम, चेहरे बदलकर न जाने कहाँ गायब हो गए थे। आनी का नाम भी अब आनी नहीं होगा, अगर वह अभी भी जीवित है, तो।

'और वह बच्चा?' दारागान ने कहा। 'क्या आपको उस बच्चे की कोई खबर मिली?'

'कोई नहीं। मैंने अक्सर सोचा है कि वह क्या बना होगा...ज़िन्दगी की शुरुआत कितनी अजीब थी...'

'उन्होंने उसका नाम किसी स्कूल में ज़रूर दर्ज करवाया होगा...'

'हाँ। फौरे विद्यालय में, बव्हरों मार्ग पर। मुझे याद है, एक बार फ्लू के कारण स्कूल में अनुपस्थिति का कारण दिखाने के लिए मैंने प्रमाण-पत्र दिया था।'

'शायद फौरे विद्यालय में, हमको उसका कुछ अता-पता चले...'

'नहीं, दुर्भाग्यवश, फौरे विद्यालय को दो साल पहले तोड़ दिया गया। दरअसल, वह एक बहुत छोटा-सा विद्यालय था...'

दारागान को खेल का प्रांगण याद आ रहा था, लावा पत्थर की सतह, चौड़े पत्ते वाले पेड़, और उसके विपरीत दोपहर की धूप, पत्तों की हरीतिमा और लावा पत्थर की कालिमा के बीच। और इसके लिए उन्हें आँख बंद करने की ज़रूरत नहीं थी।

'विद्यालय तो अब नहीं रहा, पर मैं आपको घर दिखा सकता हूँ...'

फिर से उन्हें ऐसा एहसास हुआ कि डॉक्टर व्हुस्त्रा उन्हें पहचान गए थे। पर नहीं, यह असंभव था। उनमें और कहीं पीछे छूट गए उस बच्चे में कोई समानता नहीं थी जो दूसरे लोगों, आनी, रोजे वैंसों और रात में कार में आने वाले लोगों के साथ था और जिनके नाम कभी किसी सूची में दर्ज थे, डूबे हुए जहाज़ के यात्रियों की सूची में।

'मुझे उस घर की एक चाबी सौंपी गई है...यदि मेरा कोई मरीज़ उसे देखना चाहे...वह बिक्री के लिए है...पर इसके ज्यादा खरीददार नहीं हैं। मैं आपको ले चलूँ?'

'फिर कभी'

डॉक्टर क्वुस्त्रा निराश लग रहे थे। दारागान ने सोचा, 'मुझसे मिलकर और बात कर वह दिल से खुश थे। आम तौर पर, यह अकेले ही रहते होंगे, इस दोपहर के खालीपन में।'

'सचमुच? आपको इसमें दिलचस्पी नहीं? यह सैं-ल-ला-फौरे के सबसे पुराने घरो में से एक है...जैसा कि इसके नाम से स्पष्ट है, यह एक पुराने कुष्ठाश्रम की ज़मीन पर बनाया गया है...यह जानकारी आपकी विवरणिका के लिए रोचक हो सकती है...'

'किसी और दिन,' दारागान ने कहा। 'मैं आपसे वादा करता हूँ कि फिर आऊँगा।'

दारागान की घर में घुसने की हिम्मत नहीं थी। उनके लिए यह बेहतर था कि यह घर एक ऐसी जगह की तरह रहे जिसे कभी वह जानते थे और कभी-कभी सपने में जिसका चक्कर लगाते थे—ये सभी सपने एक तरह के ही होते थे, पर उनमें अनोखापन समाया होता था। एक पर्दा या चकाचौंध करने वाली रौशनी? और सपनों में वे लोग आते हैं, जिन्हें आप कभी चाहते थे और जिनके बारे में पता है कि वे मर चुके हैं। अगर आप उनसे कुछ कहते हैं, तो आपकी आवाज़ उन लोगों तक नहीं पहुँचती।

'क्या वहाँ का फ़र्नीचर वह पन्द्रह साल पहले वाला ही है?'

'अब कोई फ़र्नीचर नहीं रहा,' डॉक्टर क्वुस्त्रा ने कहा। 'सारे कमरे खाली हैं। और बगीचा तो जंगल-झाड़ हो गया है।'

बरामदे की दूसरी तरफ़ आनी का शयन-कक्ष, जहाँ से उन्हें आधी नींद में देर तक बातचीत की आवाज़ और ठहाकों की गूँज सुनाई देती थी। वह कोलेत लोरों के साथ होती थी। पर अक्सर आवाज़ और हँसी एक ऐसे आदमी की होती थी, जिससे वह दिन के वक्त घर में कभी मिले नहीं थे। वह आदमी सुबह-सुबह ही निकल जाता होगा, स्कूल जाने के समय के बहुत पहले। एक अजनबी जो अनंत काल तक अजनबी ही बना रहेगा। एक और स्मृति, ज्यादा सूक्ष्म उनके मस्तिष्क में उभरती है, पर बिना किसी प्रयास के, जैसे बचपन में रटे गए गीतों के शब्द जिन्हें आप बिना समझे-बूझे सारी ज़िन्दगी दुहरा सकते हैं। आनी के शयन-कक्ष की दो खिड़कियाँ सड़क की तरफ़ खुलती थीं, वह सड़क

जो पेड़ों से आच्छादित थी, आज की तरह नहीं। सफ़ेद दीवार पर, उसके बिस्तर के सामने एक रंगीन नक्काशी में फूल, फल और पत्ते और उसके नीचे मोटे-मोटे अक्षरों में लिखा था—'बेलाडोना और हानबीन।' बहुत बाद में दारागान को पता चला था कि वे ज़हरीले पौधे थे, पर उस समय उनकी रुचि थी उन अक्षरों—बेलाडोना और हानबीन के मतलब समझने में, शुरुआती शब्द जिन्हें उन्होंने पढ़ना सीखा था। और दूसरी दो खिड़कियों के बीच एक नक्काशी—एक काला साँड़, सिर झुका हुआ और उदासी-भरी नज़र। इस नक्काशी का शीर्षक था—'होल्सटाइन सागर-तट का साँड़,' शीर्षक जो बेलाडोना और हानबीन के अक्षरों से छोटा और पढ़ने में ज़्यादा मुश्किल था। पर कुछ दिनों में वह उसे पढ़ने में कामयाब हो गए थे और सारे शब्दों को उन्होंने किसी चिट्ठी लिखने वाले कागज़ के पैड पर नकल कर लिया था, जो आनी ने उन्हें दिया था।

'जहाँ तक मुझे समझ में आता है, डॉक्टर साहब, तलाशी के दौरान उन्हें कुछ हासिल नहीं हुआ था?'

'नहीं मालूम। वे लोग वहाँ कई दिनों तक घर का चप्पा-चप्पा छानते रहे। दूसरे लोगों ने शायद वहाँ कुछ छिपाया हो...'

'और इस तलाशी पर उस समय के अख़बारों में कोई आलेख नहीं छपा था?'

'नहीं।'

उस वक्त दारागान के दिमाग में एक अजीबोगरीब योजना आई। जिस किताब के दो-तीन पन्ने उन्होंने लिखे हैं, उसकी रॉयल्टी की बदौलत वह घर खरीद लेंगे। वह ज़रूरी औज़ार इकट्ठे करेंगे—पेचकस, हथौड़ी, रम्भा, संड़सी और खुद कई दिनों तक गहन खोजबीन में जुट जाएँगे। धीरे-धीरे वह ड्रॉइंग रूम और बेड रूम के लकड़ी के चौखटे उखाड़ेंगे और आईनों को तोड़कर देखेंगे कि उनके पीछे क्या छिपा है। वह गुप्त सीढ़ियाँ और चोर दरवाज़े की खोज में लग जाएँगे। आखिरकार उन्हें वह हासिल होगा, जिसे वह खो चुके हैं और जिसके बारे में वह किसी को नहीं बता सके हैं।

'आप, निस्संदेह बस से आए होंगे?' डॉक्टर व्हुस्त्रा ने उनसे पूछा।

'हाँ।'

डॉक्टर ने अपनी कलाई-घड़ी देखी।

'मुझे खेद है कि मैं आपको कार से पेरिस तक नहीं छोड़ सकता। पोर्त दाजनियेर जाने वाली अंतिम बस 20 मिनट में छूटने वाली है।'

बाहर निकलकर वे साथ में एरमीताज मार्ग की ओर जाने लगे। वे कंक्रीट से बनी लम्बी बिल्डिंग के सामने से होकर गुज़रे जो बगीचे की चहारदीवारी की जगह बनायी गई थी, पर दारागान की इच्छा नहीं थी कि दीवार के गायब होने के बारे में पूछें।

'बहुत कुहासा है,' डॉक्टर ने कहा। 'सर्दियों का मौसम आ ही गया है...'

फिर वे चुपचाप चलते रहे, दोनों, डॉक्टर सीधा, बिलकुल तनकर जैसे घुड़सवार सेना का पुराना अधिकारी चलता है। दारागान को याद नहीं था कि वह बचपन में सैं-ल-ला-फौरे मार्ग पर कभी इस तरह से रात में चले थे। बस एक बार क्रिसमस में जब आनी उन्हें आधी रात को प्रार्थना के लिए ले गयी थी।

बस इंतज़ार कर रही थी, इंजन चालू था। लगता था, वह अकेले यात्री थे।

'पूरी दोपहर आप से बात करके मुझे खुशी हुई,' डॉक्टर ने उनसे हाथ मिलाकर कहा। 'और मैं सैं-ल-ला-फौरे पर आपकी पुस्तिका के बारे में जानना चाहूँगा।'

जब दारागान बस में चढ़ने लगे तो डॉक्टर ने उनका हाथ पकड़ा।

'मैं कुछ सोच रहा था...कुष्ठाश्रम और अजीबोगरीब लोग जिनके बारे में हमने बात की...सबसे बड़ा गवाह वह बच्चा होगा जो वहाँ रहता था...आपको उसे खोजना चाहिए...आपको नहीं लगता?'

'यह मुश्किल है, डॉक्टर साहब।'

दारागान बस में बिलकुल पीछे बैठ गए और उन्होंने अपने पीछे की खिड़की में से देखा। डॉक्टर व्हुस्त्रा वहाँ जड़वत् खड़े थे, इंतज़ार कर रहे थे अगले मोड़ पर बस के मुड़ जाने का। उन्होंने डॉक्टर साहब को देखकर हाथ हिलाया।

अपने अध्ययन कक्ष में दारागान ने निश्चय किया कि वह टेलीफ़ोन और आन्सरिंग मशीन का तार जोड़ देंगे। क्या पता शांताल ग्रीपे उनसे सम्पर्क करने की कोशिश करे? पर, सम्भवतः, शारबोनियेर के कसीनो से लौटकर ओतोलीनी लगातार उसके पीछे पड़ा होगा। उसे अबाबील वाली काली पोशाक वापस लेनी होगी। वह सोफ़े की पीठ पर लटक रही थी, जैसे कुछ वस्तुएँ आपका पीछा नहीं छोड़तीं और ज़िन्दगी भर आपके साथ रहती हैं। जैसे नीली वोल्क्सवैगन गाड़ी जिसे उन्हें जवानी में कुछ साल बाद छोड़ना पड़ा था। हालाँकि वह जब भी अपना डेरा बदलते, वह उनकी बिल्डिंग के सामने खड़ी मिलती—और ऐसा बहुत दिनों तक चलता रहा। वह गाड़ी स्वामिभक्त थी और जहाँ भी वह जाते, वह उनका पीछा करती। पर उसकी चाबी उनसे गुम हो गयी थी। फिर, एक दिन वह गायब हो गयी, शायद किसी गाड़ी के कबाड़खाने में, पोर्त दीताली के बाद, जिस ज़मीन पर दक्षिण राजमार्ग बनना शुरू हो गया था।

उनका मन हुआ कि वह किसी तरह अपनी पहली किताब का पहला अध्याय ढूँढ पाते, लेकिन वह जानते थे कि यह कोशिश करनी भी बेकार है। वह उस अध्याय के पृष्ठों को फाड़ चुके थे—यह उस रात की बात थी जब वह बगल वाली बिल्डिंग के आँगन में लगे पेड़ के पत्तों को निहार रहे थे—यह बात उन्हें अच्छी तरह याद थी।

उन्होंने दूसरे अध्याय को भी काटकर हटा दिया था। इस तरह से वह इस दर्दनाक एहसास के साथ कि वह गलत शुरुआत को ठीक कर रहे हैं, उन्होंने पूरी सामग्री को फिर से लिखा। फिर भी इस पहले उपन्यास के बारे में उन्हें एक ही बात याद थी कि उन्होंने दो अध्याय काट दिए थे, जो दूसरे अध्यायों

के स्तम्भ थे या यूँ कहें कि मचान थे जो एक बार किताब पूरी हो जाने के बाद गिरा दिए गए थे।

11, कुस्तु मार्ग के एक पुराने होटल के एक कमरे में दारागान ने 'प्लास ब्लांश' के बीस पन्ने लिखे थे। आनी की मार्फ़त से मोंमात्र पहाड़ी के निचले भाग को जानने के 15 साल बाद वह वहाँ दुबारा रह रहे थे। सैं-ल-ला-फौरे छोड़ने के बाद वस्तुत: वे लोग वहाँ आ टपके थे। इसलिए उन्हें लगता था कि यदि वह उन जगहों पर जाएँ जिन्हें उन्होंने आनी की मार्फ़त से जाना था, तो किताब अधिक आसानी से लिख पाएँगे।

उन जगहों का नक्शा ज़रूर बदल गया होगा, पर इस पर उनका ध्यान नहीं जाता था। इक्कीसवीं सदी में, चालीस साल बाद, टैक्सी में एक दोपहर वह संयोगवश उस मुहल्ले से गुज़र रहे थे। ट्रैफ़िक जाम में कार बुलवार द क्लीशी और कुस्तु मार्ग के कोने पर रुक गयी थी। कुछ मिनट तक तो उन्हें कुछ याद नहीं आया, जैसे वह किसी स्मृति-लोप के शिकार हों और वह अपने ही शहर में एक अजनबी की तरह थे। पर उनके लिए इसका कोई महत्त्व नहीं था। इतने वर्षों में, बिल्डिंग का सामने का हिस्सा और चौक एक लैंडस्केप बन गए थे जिसने आज के सपाट और परिपूर्ण पेरिस को ढक दिया था। उन्हें लगा कि उन्होंने दाहिनी तरफ़ वहाँ कुस्तु मार्ग के गैराज का साइनबोर्ड देखा है और उन्होंने टैक्सी ड्राइवर से वहीं उतार देने के लिए कहा ताकि वह चालीस साल बाद अपने पुराने कमरे में लौट सकें।

उस समय उनके कमरे की मंज़िल से ऊपर निर्माण-कार्य चल रहा था, जिसमें होटल के पुराने कमरों को स्टूडियो (एक कमरे के) फ़्लैट में बदला जा रहा था। दीवार पर हथौड़े की चोट न सुने इसलिए अपनी किताब लिखने के लिए वह प्यूजे मार्ग के एक कैफ़े में शरण लेते थे, जो कुस्तु मार्ग से मिलकर एक कोण बनाता था और जिसकी तरफ़ उनके कमरे की खिड़की खुलती थी।

आएरो नामक इस कैफ़े में दोपहर में कोई ग्राहक नहीं होता था। यदि हम उसके चमकदार लकड़ी के सामान, सजावटी पट्टिकाओं वाली भीतरी छत, चमकदार लकड़ी से बने अग्र भाग के चौखट, जहाँ रंगीन काँच को सुरक्षित रखने के लिए लकड़ी की जाली बनी थी, को देखें तो कैफ़े नहीं बल्कि बार कहा

जाएगा। काले बालों वाला चालीस साल का एक आदमी काउंटर पर अखबार पढ़ रहा होता था। दोपहर में वह छोटी सीढ़ियों से चुपचाप बाहर निकल जाता था। पहली बार दारागान ने अपने बिल का भुगतान करने के लिए व्यर्थ में ही उसे बुलाया था। उसके बाद वह उसकी बेसुधी के इतने आदी हो चुके थे कि पाँच फ्रैंक का एक नोट मेज़ पर रखकर चल देते थे।

उस आदमी से बात करने के लिए उन्हें कुछ दिन इंतज़ार करना पड़ा। अभी तक वह आदमी जान-बूझकर उन पर ध्यान नहीं दे रहा था। जब भी दारागान उसे कॉफ़ी लाने के लिए कहते, ऐसा लगता कि उसने सुना नहीं है। दारागान को आश्चर्य होता जब वह फ़िल्टर चालू करता। वह बिना उन्हें एक नज़र देखे उनकी मेज़ पर कॉफ़ी का कप रखने आता। और दारागान कमरे के छोर पर बैठते, मानो वह खुद को भूल जाना चाहते हों।

एक बार दोपहर में जब वे अपनी पाण्डुलिपि का एक पन्ना दुरुस्त कर रहे थे तो उन्हें एक गंभीर आवाज़ सुनाई दी—

'तो आप बिल का भुगतान कर रहे हैं।'

उन्होंने सिर उठाया। वहाँ काउंटर के पीछे वह आदमी मुस्करा रहा था।

'आप गलत समय पर आते हैं...दोपहर में यहाँ वीरान होता है।'

वह उनकी मेज़ की तरफ़ आ रहा था, वही व्यंग्यपूर्ण मुस्कान लिए—

'आपकी इजाज़त है?'

उसने कुर्सी खींची और दारागान के सामने बैठ गया।

'आखिर आप लिख क्या रहे हैं?'

दारागान को जवाब देने में संकोच हो रहा था।

'एक जासूसी कहानी।'

वह आदमी उन्हें गंभीर मुद्रा में देखकर सिर हिला रहा था।

'मैं कोने वाले मकान में रहता हूँ पर वहाँ निर्माण-कार्य चल रहा है और इतना शोर होता है कि मैं कुछ काम नहीं कर सकता।'

'पुराना प्यूजे होटल? गैराज के सामने?'

'हाँ,' दारागान ने कहा। 'और आप, आप यहाँ लम्बे समय से रहते हैं?'

अपने बारे में कुछ बताना न पड़े, इसलिए वे बात पलट देते थे। उनका

तरीका था सवाल के जवाब में सवाल दागना।

'मैं हमेशा की तरह इसी मुहल्ले में रहा हूँ। पहले मैं एक होटल चलाता था, थोड़ा नीचे, लाफ़रियेर मार्ग में...'

यह शब्द, लाफ़रियेर, सुनकर दारागान के दिल की धड़कनें तेज़ हो गयीं। जब उन्होंने आनी के साथ इस मुहल्ले में रहने के लिए सैं-ल-ला-फौरे छोड़ा था, वे दोनों लाफ़रियेर मार्ग में एक कमरे में रहते थे। जब कभी वह घर से बाहर जाती तो उन्हें एक चाबी सौंपकर जाती थी। 'अगर तुम टहलने निकलते हो तो रास्ता मत भूल जाना।' चार तह में मुड़े हुए एक कागज़ पर, जिसे वह जेब में रखते थे, आनी ने बड़े-बड़े अक्षरों में लिख दिया था—'6, लाफ़रियेर मार्ग।'

'मैं एक औरत को जानता था जो वहाँ रहती थी,' दारागान ने एक ही लय में कह डाला। 'आनी आस्त्राँ।'

वह आदमी उन्हें आश्चर्य से देख रहा था।

'तब तो आप बहुत छोटे रहे होंगे। यह तो कोई बीस साल पहले की बात है।'

'मेरी मानिए तो पन्द्रह साल पहले की बात है।'

'मैं खास तौर से उसके भाई पियेर को जानता था। वही लाफ़रियेर मार्ग में रहता था। वह बगल में गैराज चलाता था...पर एक मुद्दत हुई उसकी खबर नहीं मिली।'

'आपको वह औरत याद है?'

'थोड़ा-बहुत...बहुत कम उम्र में उसने मुहल्ला छोड़ दिया था। जैसा कि पियेर ने मुझे बताया था कि उसके सिर पर एक औरत का हाथ था जो पाँतिये मार्ग में एक नाइट क्लब चलाती थी...'

दारागान सोच रहे थे कि कहीं ऐसा तो नहीं कि वह किसी और औरत को आनी समझ रहा है। हालाँकि उसकी एक सहेली कोलेत सैं-ल-ला-फौरे में अक्सर आती थी और एक दिन पेरिस में शाँजेलीज़े के बगीचों के समीप एक सड़क पर, जहाँ डाक टिकटों का बाज़ार लगता था, वे लोग उन्हें कार में लेकर आयी थीं। पाँतिये मार्ग? दोनों एक बिल्डिंग में गयी थीं। और दारागान ने कार की पिछली सीट पर बैठकर आनी का इंतज़ार किया था।

'आपको मालूम नहीं कि फिर उसका क्या हुआ?'

वह आदमी उन्हें संदेहात्मक दृष्टि से देख रहा था।

'नहीं, क्यों? क्या वह सचमुच आपकी दोस्त थी?'

'मैं उसे बचपन में जानता था।'

'फिर तो बात ही और है...जो बीत गयी सो बात गयी...'

वह फिर से मुस्कुराने लगा था और दारागान की तरफ़ झुक रहा था।

'उन दिनों पियेर ने मुझे समझाया था कि वह मुसीबत में है और वह जेल होकर आयी है।'

~

उसने उन्हें वही शब्द कहे थे जो पिछले महीने एक शाम परैं-द-लारा ने कहे थे जब दारागान एक कैफ़े के बाहर अकेले बैठे उनसे मिले थे। 'वह जेल होकर आयी है।' दोनों व्यक्तियों के स्वर में अंतर था—परैं-द-लारा के स्वर में उपेक्षात्मक दूरी का भाव था मानो दारागान ने उन्हें ऐसे शख़्स के बारे में बातें करने को मजबूर कर दिया था जो उनकी दुनिया की नहीं थी; इस व्यक्ति के स्वर में अपनापन था, क्योंकि वह 'उसके भाई पियेर' को जानता था और 'जेल जाना' उसके लिए मामूली बात थी। उसके कुछ ग्राहक, जैसा कि उसने दारागान को बताया था, 'रात के ग्यारह बजे' के बाद आते थे? कहीं उन्हीं ग्राहकों की मार्फ़त से तो उसे यह जानकारी नहीं मिली थी?

उन्होंने सोचा कि यदि आनी अभी भी ज़िन्दा होती तो इन बातों का खुलासा करती। बाद में जब उनकी किताब छपी थी और उन्हें आनी से फिर मिलने का मौका मिला था, उन्होंने इस बारे में उससे कोई सवाल नहीं किया था। उसने जवाब नहीं दिया होता। उन्होंने लाफ़रियेर मार्ग के कमरे का नाम नहीं लिया था और न ही चार तह में मोड़े गए पन्ने का जिस पर आनी ने पता लिखा था। उन्होंने वह पन्ना खो दिया था। और पन्द्रह साल तक उसे वह सँजोकर रखते और उसे आनी को दिखाते भी तो उसने कह दिया होता—'अरे, जाँ बेटे, यह मेरी लिखावट है ही नहीं।'

आएरो कैफ़े वाले आदमी को यह मालूम नहीं था कि वह जेल क्यों गयी

थी। 'आनी के भाई पियेर' ने उस आदमी को कोई ब्यौरा इसके बारे में नहीं दिया था। पर दारागान को याद था कि सैं-ल-ला-फौरे छोड़ने के एक दिन पहले वह घबरायी हुई लग रही थी। यहाँ तक कि वह भूल गयी थी कि स्कूल के फाटक पर साढ़े चार बजे उन्हें लाने जाना था और वह अकेले घर आ गए थे। इससे वह ज़रा भी विचलित नहीं हुए थे। यह आसान था। बस सड़क पर सीधे चलते जाना था। आनी बैठक में टेलीफ़ोन कर रही थी। उसने उन्हें हाथ से इशारा किया और टेलीफ़ोन पर बात करती रही। शाम को वह दारागान को अपने बैडरूम में लेकर गयी और वह उसे सूटकेस में कपड़े रखते हुए देख रहे थे। उन्हें डर था कि वह उन्हें कहीं घर में अकेला न छोड़कर चली जाये। पर उसने बताया था कि अगले दिन वे दोनों पेरिस जाएँगे।

रात में उन्हें आनी के कमरे से आवाज़ें आयीं। रोजे वैंसों की आवाज़ वह पहचान गए। थोड़ी देर बाद अमरीकी कार के इंजन का शोर दूर जाते हुए समाप्त हो गया था। आनी के कार का इंजन चालू होने की आवाज़ सुनकर उन्हें डर लगा। फिर वह सो गए थे।

~

दोपहर ढलने पर जब एक दिन वह अपनी किताब के दो पन्ने लिखकर आएरो कैफ़े से बाहर निकले तो—पुराने होटल में निर्माण-कार्य छह बजे शाम को रुक चुका था—उन्होंने सोचा कि जब आनी की अनुपस्थिति में पन्द्रह साल पहले वह टहलने निकलते थे तो क्या यहाँ तक आते थे? वह हमेशा तो टहलते नहीं थे और उतनी देर नहीं टहलते थे जितनी उनकी स्मृति में है। आनी एक बच्चे को इस मुहल्ले में भला अकेले कैसे टहलने देती थी? चार तह में मुड़े उस कागज़ पर उसके हाथ से लिखा हुआ पता—एक तथ्य जो उनके दिमाग की उपज नहीं हो सकती थी—एक पक्का सबूत था।

उन्हें सड़क पर चलते हुए वह रास्ता याद आ रहा था। जिसके छोर से वे मुलेंरूज़ देख सकते थे। लेकिन कहीं रास्ता न भूल जाएँ, इस डर से दारागान बुलवार से आगे नहीं गए। यों कहें कि यदि तब वह कुछ कदम और आगे चले होते तो वहाँ पहुँच जाते जहाँ अभी थे। ऐसा सोचते हुए उन्हें अजीब-सी अनुभूति

हुई, मानो वक्त ठहर गया हो। पन्द्रह साल पहले वह जुलाई की धूप में इस जगह के नज़दीक अकेले टहलते थे और अभी दिसंबर है। वह जब भी आएरो कैफ़े से निकलते थे, अँधेरा घिर चुका होता था। पर उनकी नज़र में, ऋतु और वर्ष सब अचानक से आपस में गड्डु-मड्डु हो रहे थे। उन्होंने लाफ़रियेर मार्ग तक पैदल चलने का निश्चय कर लिया—जैसे पहले चला करते थे—सीधे, हमेशा सीधे। सड़कों में ढलान थी और जब वह नीचे उतर रहे थे, उन्हें पक्का विश्वास हुआ कि समय का पहिया पीछे घूम रहा है। फौनतेल मार्ग के निचले सिरे तक जाते-जाते अँधेरा छँटने लगेगा, दिन निकलने लगेगा और फिर जुलाई की धूप आ जाएगी। चार तह में मुड़े हुए कागज़ पर आनी ने केवल पता नहीं लिखा था, बल्कि ये शब्द भी—'कहीं तुम भटक न जाओ,' अपनी बड़ी लिखावट में लिखे थे, एक पुरानी तरह की लिखावट जिसे सैं-ल-ला-फौरे के स्कूल में नहीं सिखाते थे।

नोत्रदाम द लोरेत मार्ग में वैसी ही खड़ी ढलान थी जैसी पहली सड़क में। बस फिसलते चले जाना था। थोड़ा और नीचे। बायीं तरफ़। एक बार दोनों अँधेरा होने पर अपने कमरे में आए। यह ट्रेन पकड़ने के एक दिन पहले की बात है। आनी ने उनके सिर या गरदन पर हाथ रखा हुआ था, जैसे कोई हिफ़ाजत के लिए रखता है, ताकि वह आनी के साथ होकर चलें। वे लोग होटल टेरा से आ रहे थे जो उस पुल से हटकर स्थित है, जिसके नीचे कब्रिस्तान है। उन लोगों ने उस होटल में प्रवेश किया था और दारागान ने हॉल के अंतिम छोर पर एक हत्थेदार कुर्सी पर बैठे रोजे वैंसों को पहचान लिया था। वे लोग रोजे वैंसों के साथ बैठ गए थे। आनी और रोजे वैंसों आपस में बातें कर रहे थे। वे दारागान की मौजूदगी से बेखबर थे। दारागान उन्हें सुन तो रहे थे पर उनके पल्ले कुछ नहीं पड़ रहा था। वे अत्यंत धीमे स्वर में बात कर रहे थे। एक पल ऐसा आया जब रोजे वैंसों वही बात दुहरा रहे थे : आनी को 'ट्रेन पकड़नी ही होगी' और उसे 'कार को गैराज में छोड़ना होगा'। वैसे तो आनी राज़ी नहीं थी, पर आखिरकार उसने रोजे वैंसों को कहा : 'हाँ, तुम ठीक कह रहे हो, ऐसा करने में ही समझदारी है।' रोजे वैंसों दारागान की तरफ़ मुड़े थे और मुस्कुराए थे। 'यह लो, यह तुम्हारे लिए है।' और रोजे वैंसों ने उन्हें एक गहरे नीले रंग के गत्ते को

पकड़ाते हुए खोलने को कहा था। 'तुम्हारा पासपोर्ट।' दारागान ने अपनी फ़ोटो पहचान ली थी वह उनमें से एक थी, जो उन्होंने फ़ोटो बूथ में खिंचवाई थीं, जहाँ अत्यंत तेज़ प्रकाश पड़ने से उनकी पलकें झपक जाती थीं। पहले पन्ने पर उन्होंने अपना प्रथम नाम और जन्मतिथि पढ़ी, पर उपनाम उनका नहीं था, वह आनी का था—'आस्त्राँ।' रोजे वैंसों ने उन्हें संयत स्वर में कहा था कि उनका उपनाम पासपोर्ट में उसी व्यक्ति का होना चाहिए 'जो उन्हें लेकर जा रहा है' और यह बात उन्हें समझ में आ गयी थी।

लौटते वक़्त आनी और वह बुलवार के अंतःस्थल पर चल रहे थे। मुलैंरूज़ पार करके उन्होंने बायीं ओर एक छोटी सड़क ली थी जिसके अंतिम छोर पर एक गैराज का सामने वाला हिस्सा था। उन्होंने एक मोटरखाना पार किया था जहाँ से सीलन और पेट्रोल की बू आ रही थी। आखिर में एक शीशे का कमरा था। मेज़ के सामने एक नौजवान बैठा था, वही नौजवान जो कभी-कभार सैं-ल-ला-फौरे आया करता था और एक दोपहर दारागान को माद्रानो सरकस ले गया था। वे लोग आनी की कार के बारे में बात कर रहे थे, जिसे दीवार से लगे देखा जा सकता था।

वह आनी के साथ गैराज से बाहर निकले थे। रात हो चुकी थी और वह जगमगाते साइन बोर्ड के शब्दों को पढ़ना चाहते थे : 'ग्रां गाराज द ला प्लास ब्लांश,' ये शब्द जो वह पन्द्रह साल बाद फिर से पढ़ रहे थे—11, कुस्तु मार्ग के अपने कमरे की खिड़की से झाँककर। जब वह रोशनी बुझाकर सोने की कोशिश करते थे, उनके बिस्तर के सामने दीवार पर इन शब्दों का प्रतिबिम्ब झिलमिलाता था। लगभग सात बजे सुबह मकान का मरम्मत-कार्य शुरू हो जाता था, जिसके कारण उन्हें जल्दी सोना होता था। यदि ठीक से नींद नहीं आयी तो उनके लिए लिखना मुश्किल होता था। आधी नींद में उन्हें आनी की आवाज़ सुनाई दे रही थी जो धीरे-धीरे दूर जा रही थी और उन्हें केवल कुछ आखिरी शब्द समझ में आ रहे थे—'कहीं तुम भटक न जाओ।' इस कमरे में जगने पर उन्हें एहसास हो रहा था कि उन्हें इस सड़क को पार करने में पन्द्रह साल लग गए।

पिछले साल, 4 दिसम्बर 2012 की दोपहर—उन्होंने अपनी नोटबुक में तारीख़ दर्ज की थी—सड़क पर गाड़ियों का जमघट बढ़ता जा रहा था और उन्होंने टैक्सी ड्राइवर को दायीं ओर कुस्तु मार्ग में मोड़ने के लिए कहा था। गैराज के साइनबोर्ड को देखने का उन्हें भ्रम हुआ था, चूँकि वहाँ गैराज का नामोनिशान नहीं था। और न ही, उसी फुटपाथ पर नेयों रेस्तराँ की काली लकड़ी का। दोनों तरफ़ बिल्डिंग के अगले हिस्से नए लग रहे थे, मानो उन पर प्लास्टर की एक पतली परत या सफ़ेद सेलोटेप लगा दिया गया हो, ताकि दरारें या धब्बे न दिखें। और पीछे दूर तक ऐसा लगता था मानो किसी जानवर की खाल को साफ़ कर उसमें भूसा भर दिया गया हो। प्यूजे मार्ग पर एक सफ़ेद दीवार ने एरो की लकड़ी के फ़र्नीचर और खिड़की की जगह ले ली थी। यह सफ़ेद उदासीन रंग स्मृतिहीनता का द्योतक था। उन्होंने भी चालीस साल से अधिक उस अवधि पर सफ़ेदी डाल दी थी जब वह पहली किताब लिख रहे थे और उस गर्मी के मौसम में मुड़े हुए कागज़ को अपनी जेब में डालकर टहल रहे थे जिस पर लिखा था—'कहीं तुम भटक न जाओ।'

〜

उस रात, गैराज से निकलने के बाद आनी और उन्होंने निश्चय ही फुटपाथ बदला नहीं होगा। वे निश्चय ही नेयों रेस्तराँ के सामने से गुज़रे होंगे।

पन्द्रह साल बाद भी नेयों रेस्तराँ वहीं था। उन्हें कभी अन्दर जाने की इच्छा नहीं हुई। उन्हें डर था कि कहीं अंधे कुएँ में न गिर जाएँ। और फिर उन्हें ऐसा लगता था कि कोई भी उसकी दहलीज़ पार नहीं करता था। उन्होंने आएरो के मालिक से पूछा था कि वहाँ किस तरह के कार्यक्रम होते हैं—'मेरे ख़याल से यहीं पर पियेर की बहन ने सोलह साल की उम्र में अपना ''प्रथम प्रदर्शन'' (पहली परफ़ार्मेंस) दिया था। ऐसा लगता है कि सारे ग्राहक कलाबाज़ घुड़सवार औरतों और खतरे के चिह्न वाली खोपड़ी पहने स्ट्रीपटीज़ करने वाली औरतों के साथ अँधेरे में डूबे हैं।' उस रात क्या आनी ने उस प्रतिष्ठान के दरवाज़े पर एक उड़ती नज़र डाली थी, जहाँ उसने अपना 'प्रथम प्रदर्शन' दिया था?

बुलवार पार करते वक़्त आनी ने दारागान का हाथ पकड़ा हुआ था। वह

पहली बार पेरिस को रात में देख रहे थे। वे लोग फौनतेन मार्ग पर नहीं उतरे, वह मार्ग जिस पर उन्हें दिन में अकेले टहलने की आदत थी। आनी उन्हें बुलवार के अन्त:स्थल पर लिए जा रही थी। पन्द्रह साल बाद वह जाड़े में उसी अंत:स्थल पर चले जा रहे थे, क्रिसमस के लिए लगे स्टॉल के पीछे से गुज़र रहे थे। और नियोन की सफ़ेद रोशनी से उनकी नज़र नहीं हटती थी, जो उन्हें मोर्स कोड (तार की संकेत लिपि) की तरह लग रहे थे। ऐसा लगता था कि यह रोशनी आखिरी बार चमक रही थी और उन्हीं गर्मियों वाली रोशनी थी, जब वह आनी के साथ मुहल्ले में मिले थे। कितने वक्त वे लोग वहाँ रहे थे ? कुछ महीने, कुछ साल, इन सपनों की तरह जो लगते तो बहुत लम्बे हैं पर, अचानक टूटते ही मालूम होता है कि वह कुछ ही सेकेंड के थे।

लाफ़रियेर मार्ग पर आनी का हाथ वह अपनी गरदन पर महसूस कर रहे थे। वह अभी भी एक बच्चा थे, जो हाथ छूटते ही इधर-उधर भागता है और जिसके गाड़ी से कुचलने का खतरा रहता है। सीढ़ियों के नीचे, आनी ने अपनी तर्जनी होंठों पर रखी थी, यह बताने के लिए कि सीढ़ियों पर चुपचाप चढ़ना था।

~

उस रात उनकी नींद रह-रहकर टूट जाती थी। वह एक कमरे में दीवान पर सो रहे थे और उसी कमरे में एक बड़े बिस्तर पर आनी सो रही थी। उन दोनों के दो सूटकेस बिस्तर के पैताने के पास रखे थे, आनी का चमड़े वाला और उनका टीन वाला। वह बीच रात में उठी थी और कमरे से बाहर निकल गयी थी। उन्हें बगल वाले कमरे से आनी और एक आदमी की बातचीत की आवाज़ आ रही थी, जो उसका भाई रहा होगा, वही गैराज वाला। फिर उन्हें नींद आ गयी थी। अगले दिन तड़के आनी ने उनके ललाट पर हाथ फेरते हुए जगाया था और उन्होंने आनी के भाई के साथ नाश्ता किया था। वे तीनों एक मेज़ के इर्द-गिर्द बैठे थे और आनी अपने हैंडबैग में कुछ टटोल रही थी क्योंकि उसे डर था कि कहीं उसने पिछले दिन होटल के हॉल में रोजे वैंसों के द्वारा दिए गए उस नीले गत्ते को खो न दिया हो, उनका पासपोर्ट जो 'जाँ आस्त्राँ' के नाम से था। पर नहीं, वह हैंडबैग में ही पड़ा था। बाद में, जब वह कुस्तु मार्ग के कमरे में रहने

लगे थे तो उन्होंने याद करने की कोशिश की, किस वक़्त वह नकली पासपोर्ट गुम हो गया था। बेशक किशोरावस्था के आरम्भ में जब उन्हें पहले बोर्डिंग स्कूल से निकाल दिया गया था।

आनी का भाई उन्हें कार में बिठाकर गार द लियों स्टेशन तक ले गया था। स्टेशन के सामने वाले फुटपाथ पर और अन्दर हॉल में चलना मुश्किल था, क्योंकि वहाँ भीड़ थी। आनी के भाई ने सूटकेस उठा रखा था। आनी ने बताया कि उस दिन गर्मी की छुट्टियों का पहला दिन था। वह एक खिड़की पर टिकट लेने के लिए इंतज़ार कर रही थी और दारागान आनी के भाई के साथ खड़े थे जिसने सूटकेस नीचे रख दिए थे। इस बात का ख़याल रखने की ज़रूरत थी कि कोई आपको धक्का न दे दे और कुली की गाड़ी आपके पैर पर न चढ़ जाये। वे देर से पहुँचे थे, वे प्लेटफ़ॉर्म तक दौड़ पड़े थे, आनी ने उनकी कलाई ज़ोर से पकड़ी हुई थी ताकि वह भीड़ में कहीं गुम न हो जाएँ और उसका भाई सूटकेस लिए उनके पीछे-पीछे आ रहा था। वे शुरुआती डिब्बों में से किसी एक में चढ़े थे, उनके पीछे-पीछे आनी का भाई। गलियारे में भीड़। उसके भाई ने डिब्बे के दरवाज़े पर दोनों सूटकेसों को रखा था और आनी को चूमा था। फिर वह दारागान की तरफ़ देखकर मुस्कुराया था और उसने उनके कान में कहा था : 'ध्यान रहे...तुम्हारा नाम अब जाँ आस्त्राँ है...आस्त्राँ।' और वह जैसे-तैसे हड़बड़ाहट में प्लेटफ़ॉर्म पर उतरा था और फटाफट उसने हाथ हिलाया था। ट्रेन सरकने लगी थी। किसी डिब्बे में एक सीट खाली थी। आनी ने उनसे कहा था—'वहाँ बैठ जाओ, मैं गलियारे में हूँ।' वह आनी से अलग नहीं होना चाहते थे, आनी उन्हें कंधे से पकड़कर वहाँ ले आयी थी। उन्हें डर था कि कहीं आनी उन्हें वहीं न छोड़ दे, पर उनकी सीट डिब्बे के दरवाज़े के पास ही थी और वह आनी पर नज़र रख सकते थे। वह चुपचाप स्थिर गलियारे में खड़ी थी और समय-समय पर उनकी तरफ़ मुड़कर मुस्कुराती थी। वह अपने चाँदी के लाइटर से सिगरेट सुलगा रही थी, उसने अपना चेहरा खिड़की से लगा रखा था और निश्चय ही प्रकृति का नज़ारा ले रही थी। डिब्बे की सवारियों से कहीं उनकी नज़र न टकरा जाये, इस डर से दारागान ने सिर झुकाया हुआ था। उन्हें डर था कि वे लोग उनसे कोई सवाल न पूछ लें, जैसा कि किसी अकेले

बच्चे को देखकर कोई वयस्क करता है। उन्हें ख़याल आया कि खड़े होकर आनी से पूछें कि उनके दोनों सूटकेस उसी जगह पर हैं कि नहीं, डिब्बे के आरम्भ में, और किसी ने चुरा तो नहीं लिया है। वह डिब्बे का दरवाज़ा खोल रही थी, उनकी तरफ़ झुकी थी और धीमे स्वर में कहा था : 'हम रेस्टोरेंट कार में जाएँगे। मैं तुम्हारे साथ बैठ पाऊँगी।' दारागान को लग रहा था कि डिब्बे के यात्री उन दोनों पर नज़र टिकाए थे। और रुक-रुककर एक के बाद दूसरा चित्र उभरता है, जैसे किसी फ़िल्म की घिसी हुई रील। वे डिब्बों के गलियारे पार करते हैं और आनी ने उनकी गरदन पर हाथ रखा हुआ है। दारागान को उस समय डर लगता है, जब वे दो डिब्बों के बीच से गुज़रते हैं, जहाँ इतनी ज़ोर से झटका लगता है कि गिरने का डर रहता है। वह दारागान का हाथ पकड़ लेती है ताकि वह संतुलन न खोएँ। वे रेस्टोरेंट कार में एक मेज़ पर आमने-सामने बैठे हैं। सौभाग्यवश, उस मेज़ पर वही दोनों बैठे हैं और दूसरी मेज़ों पर भी कोई नहीं है। यहाँ का माहौल उन ठसाठस भरे डिब्बों और उनके गलियारों से भिन्न है जहाँ से वह अभी-अभी गुज़रे हैं। आनी उनके गाल पर हाथ रखकर कहती है कि यदि पूरी यात्रा में कोई उन्हें परेशान करने नहीं आए, तो वे अपनी मेज़ पर ज़्यादा-से-ज़्यादा समय तक जमे रहेंगे। दारागान को केवल दोनों सूटकेसों की चिन्ता है, जो दूसरे डिब्बे के आरम्भ में रखे हैं। वह सोच रहे हैं कि वे अपने सूटकेस न खो दें या फिर किसी ने उन्हें चुरा न लिया हो। सैं-ल-ला-फौरे वाले मकान में एक बार रोजे वैंसों द्वारा लाई बिबलियोतेक वेर्त संकलन की किताब में दारागान ने एक कहानी पढ़ी थी। जिसमें इस तरह की घटना के बारे में दारागान ने निश्चय ही पढ़ा होगा। बेशक यही कारण है कि ज़िन्दगी-भर एक सपना उनका पीछा करता रहा : एक ट्रेन में कुछ सूटकेस खो गए हैं या फिर ट्रेन आपके सूटकेस के साथ चल देती है और आप प्लेटफ़ॉर्म पर खड़े रह जाते हैं। यदि उन्हें सारे सपने याद हों, तो आज वह सैकड़ों खोये हुए सूटकेसों की गिनती कर सकते हैं।

'बेटे जाँ, तुम चिन्ता मत करो,' आनी उन्हें मुस्कुराते हुए कह रही है। इन शब्दों से उन्हें सांत्वना मिलती है। दोपहर के भोजन के बाद भी वे वहीं जमे हुए हैं। रेस्टोरेंट कार में अभी भी कोई नहीं है। ट्रेन एक बड़े स्टेशन पर रुकती है।

दारागान आनी से पूछते हैं कि वे पहुँचे हैं कि नहीं। आनी उन्हें बताती है कि अभी नहीं। वह उन्हें बताती है—छह बजे से पहले नहीं पहुँचेंगे और हमेशा उसी समय हम उस शहर में पहुँचते हैं। कुछ सालों बाद, वह अक्सर वही ट्रेन पकड़ते थे और उन्होंने उस शहर का नाम जाना जहाँ जाड़े में हम गोधूलि बेला में पहुँचते हैं। लियों। आनी ने अपने हैंडबैग से ताश की एक गड्डी निकाली और वह उन्हें सोलितेर खेल सिखाना चाहती है, पर उन्हें कुछ समझ में नहीं आता।

आज तक उन्होंने इतनी लम्बी यात्रा नहीं की है। कोई भी उन्हें परेशान करने नहीं आया। 'लोग हमसे बेखबर हैं,' उन्हें आनी कहती है। और इन सब बातों की याद को विस्मृति ने कुतर दिया है, सिवाय कुछ विशेष चित्रों के जहाँ फ़िल्म की रील फिसलते-फिसलते आकर फँस जाती है। आनी हैंडबैग में कुछ टटोलती है और उन्हें गहरे नीले रंग के गत्ते—उनके पासपोर्ट—को देती है ताकि वह अपने नये नाम को भली-भाँति याद कर लें। अभी से कुछ दिनों बाद वे 'सीमा' पार करके दूसरे देश के एक शहर में जाएँगे जिसका नाम 'रोम' है। 'इस नाम—रोम—को ठीक से याद रखो। और मैं तुम्हें ताल ठोककर कहती हूँ कि रोम में वे लोग हमें नहीं ढूँढ़ पाएँगे। वहाँ मेरे कुछ दोस्त हैं।' उसकी बात उन्हें कुछ ज्यादा समझ नहीं आती, पर चूँकि वह ठठाकर हँसती है, वह भी हँस देते हैं। वह फिर से सोलितेर खेल रही है और वह उसे मेज़ पर ताश एक कतार में रखते हुए देखते हैं। ट्रेन फिर से एक बड़े स्टेशन पर रुक जाती है और वह आनी से पूछते हैं कि वे लोग पहुँचे कि नहीं। नहीं। आनी ने उन्हें ताश की गड्डी दे दी है और उन्हें ताश के रंगों के आधार पर छाँटने में मज़ा आ रहा है। हुकुम, ईंट, चिड़िया, पान। आनी उन्हें कहती है कि सूटकेस को लेने का समय आ गया है। वे गलियारों को वापस पार करते हैं और आनी कभी उनके गले में हाथ डालती है तो कभी उनका हाथ पकड़ती है। गलियारे और डिब्बे खाली हैं। आनी बताती है कि सारे यात्री उनसे पहले उतर चुके हैं। एक भुतहा ट्रेन। डिब्बे के आरम्भ में उसी जगह उन्हें सूटकेस रखे मिलते हैं। अँधेरा हो रहा है और वे लोग एक छोटे-मोटे स्टेशन के खाली प्लेटफ़ॉर्म पर हैं। वे पटरियों के समांतर एक गली से गुज़रते हैं। एक चहारदीवारी को तोड़कर बने दरवाज़े के सामने वह रुकती है और अपने हैंडबैग से चाभी निकालती है। वे अँधेरे में एक रास्ते पर उतरते हैं।

एक बड़ा सफ़ेद घर जिसकी खिड़कियों से रोशनी आ रही है। वे एक कमरे में प्रवेश करते हैं जहाँ बहुत तेज़ रोशनी है और फ़र्श सफ़ेद-स्याह पत्थरों से बना है, पर उनकी स्मृति में यह घर सैं-ल-ला-फौरे वाले घर से गड्डु-मड्डु हो जाता है, बेशक इसका कारण यह है कि वहाँ दारागान ने आनी के साथ बहुत कम समय गुज़ारा था। इस तरह से वह कमरा भी जिसमें वह सोये थे, उन्हें सैं-ल-ला-फौरे के कमरे की तरह लगता है।

बीस साल बाद, वह कोत दाज़्यूर शहर में थे और उन्हें लगा था कि वह छोटा-सा स्टेशन जाना-पहचाना है और पटरियों और घर की चाहरदीवारी के बीच की गली भी जानी-पहचानी है। ऐज़-स्युर-मेर। उन्होंने एक सफ़ेद बाल वाले व्यक्ति से पूछा भी था जो समुद्र-तट पर एक रेस्तराँ चलाता था। 'वह निश्चय ही पुराना बंगला एम्बीरीको ओ काप एस्तेल है...' उन्होंने यों ही नाम नोट कर लिया था, पर जब उस आदमी ने बताया : 'युद्ध के दौरान किसी वैंसों साहब ने उसे खरीदा था। फिर उसे जब्त कर लिया गया था। अब उसे होटल में परिवर्तित कर दिया गया है,' तो उन्हें डर लगा। नहीं वह इन जगहों को पहचानने के लिए नहीं जाएँगे। उन्हें डर था कि जो बीते सालों का दुःख वहाँ दफ़न है, वह आने वाले समय को भी आग लगा देगा।

वे कभी भी समुद्र-तट पर नहीं जाते। दोपहर में वे बगीचे में रहते हैं, जहाँ से समुद्र दीखता है। आनी को घर के गैराज में रखी एक कार मिली जो सैं-ल-ला-फौरे वाली कार से ज़्यादा बड़ी थी। शाम को आनी उन्हें खाना खिलाने रेस्तराँ लेकर जाती है। वे लोग कौरनीश मार्ग से गुज़रते हैं। यह वही कार है, आनी बताती है, जिसमें वे लोग 'सीमा' पार करेंगे और 'रोम' तक जाएँगे। अंतिम दिन आनी बगीचे से निकलकर फ़ोन करने गई थी और वह चिंतित दीखती थी। वे ड्योढ़ी में आमने-सामने बैठे हैं और दारागान उसे सोलितेर खेलते हुए देखते हैं। वह सिर झुका लेती है और उसकी पेशानी पर बल पड़ते हैं। देखकर लगता है कि वह एक पत्ते के बाद दूसरा फेंकने के पहले बहुत सोचती है, पर दारागान को आँसू की एक बूँद दिखायी देती है, जो आनी के गाल पर ढुलक रही है, इतनी छोटी कि मुश्किल से दिखाई देती है, जैसे उस दिन सैं-ल-ला-फौरे में जब वह आनी के बगल में कार में बैठे थे। रात में बगल वाले कमरे

से आनी फ़ोन करती है, उन्हें बस आनी की आवाज़ की ध्वनि सुनाई देती है, शब्द नहीं। सुबह पर्दों से होकर सूरज की किरणें उनके कमरे में दाखिल होकर दीवार पर नारंगी धब्बे बनाती हैं, जिससे उनकी नींद टूटती है। प्रारंभ में लगभग कुछ भी नहीं, बजरी पर पहियों की घरघराहट, इंजन का शोर जो दूर होता जा रहा है, और इस बात का एहसास होने में आपको थोड़ा-बहुत समय लगता है कि घर में मात्र आप रह गए हैं।

❑❑❑

www.ingramcontent.com/pod-product-compliance
Lightning Source LLC
LaVergne TN
LVHW091723190726
843493LV00001B/425